KB153668

둥근 이 별을 돌아

또 만나요

2016년 7월 21일, 내가 세계를 돌며 촬영한 '립마크'가 '칸티푸르TV'의 8시 메인뉴스 엔딩을 장식했다. 이로써 'News24'와 'Mountain Television' 국영방송인 'Nepal Television'까지 네팔의 네 개 방송국을 통해 지구촌 친구들의 네팔 응원 메시지가 송출되었다.

여행을 하면서 사람들에게 네팔을 응원해달라고 말했다. 그렇게 나는 좋은 사람들을 많이 만났고 또 나를 조롱하는 사람 역시 많이 만났다. 혹자가 말했다. '너가 이 영상을 촬영해서 어떻게 네팔 사람들을 위로할 수 있겠냐고?' '다시 네팔로 가긴 갈 거냐고?' '겨우 니가 이 립마크로 뭘 어쩔 수 있냐고...' 이 외에도 많은 질타를 받았다. 심지어는 '헛수고하지 말라'는 말까지 말이다. 그렇게 1년 가까운 시간이 흘렀고 난 네팔에 다시 왔다. 그 후 네팔 고아원을 찾아갔고, 학교를 찾아갔고, 일반 사람들이 쉽게 접근할 수 없는 산골마을의 지진현장까지 찾아갔다. 그들을 도우며 네팔 응원영상과 립마크 엽서를 보여줬고 그들의 웃는 모습을 보는 게 너무 즐거웠다. 그리고 나는 적극적으로 움직여야겠다는 생각을 하고 부족한 영어를 써가면서 무작정 네팔에서 가장 유명한 방송국을 찾아갔다.

그렇다 그렇게 이 '립마크'는 많은 네팔 사람들에게 전해졌다.

한국 청년이 찍은 네팔 응원 영상이 '네팔방송국'에 방영됐다는 소식은 빠르게 국내로 전해졌다. 국내에선 영상뿐만 아니라 나의 여행기마저 큰 관심거리였다. 한국에 돌아오자 《조선일보》, 《동아일보》, SBS 등 여러 신문사와 방송사가 인터뷰를 요청했다. 그리고 그 기사에는 나랑 어울리지 않는 거창한 단어가 왕왕 질문지에 올라왔다.

"어려움을 겪고 있는 네팔 사람들을 위해서 뭐든 해 보고 싶었을 뿐이에요."

그땐 펄쩍 뛰며 손사래 쳤지만, 지금은 안다. 그 거창한 단어들이 대단한 사람에게만 주어지는 것이 아님을 말이다. 행동의 계기가 꼭 '대단한'것일 필요는 없다. 우리는 언제든 세상을 위해 마음을 쓰고, 한 걸음 나아가 주변의 어려운 이웃을 도울 수 있다. 그리고 그 사소한 일들이 쌓여 이웃을 소중히 여기는 마음, 사랑이 되는 것이리라.

2015년 4월 25일, 텔레비전에 대지진이 휩쓸고 지나가 폐허가 된 네팔의 모습이 방영됐다. 그날은 내가 첫 세계 여행 길에 오르기 15일 전이었다. 그리고 내게 소중한 사람이 네팔에 있었고 정말 다행히도 대지진이 있기 얼마 전 한국으로 귀국해 그분은 목숨을 건질 수 있었다. 하지만 그곳에 있던 많은 네팔 사람들은 목숨을 잃거나 심한 부상을 입었고 집과 터전을 잃었다. 그들은 고통스럽고 힘들고 아파 보였다. 영상 속에선 희망이라곤 찾아볼 수 없었다. 안타깝고 걱정스러웠다. 그러던 중 지진 현장을 경험한 지인으로부터 '소중한 사람을 잃은 이들에겐 물질적인 도움도 필요하지만, 감정적인 위로 역시 절실하다'는 말을 들었다. 그러다 문득 '어차피 나는 세계 일주를 계획하고 있었고 세계 곳곳의 사람들이 네팔을 걱정하고 있으니 그럼 내가 그 위로들을 모아 네팔에 전

여행 그리고 네팔

해주는 게 어떨까?' 하는 생각이 들었다. 평소 같으면 고민을 하다 머리칼을 부여잡고는 '역시 난 안돼... 똑똑한 분들이 알아서 잘하실 거야'하고 포기하고 말았을 텐데 이번만큼은 뭐가 달라도 달랐다. '해보자!'라는 마음이 더욱 강했다. 당시 나의 수중에는 1,200만 원의 돈과 젊음이 있었다. 그렇게 나의 512일간의 여행이 시작되었다.

나는 세상을 여행하며 네팔을 응원하는 사람들의 목소리와 사진을 영상과 엽서에 담았다. 그리고 지구를 즐기기 위한 여행도 게을리 하지 않았다. 이 책에는 그 과정이 고스란히 기록돼 있다. 지게차 끄는 일로 밥벌이하던 내가 어릴 적 꿈을 이루겠다며 직장을 그만둔 날, 돈을 아끼기 위해 히치하이킹을 하고 낯선 땅에서 캥거루 고기를 나르던 날, 비행기 안에서 동영상 촬영을 허락받기 위해 손짓 발짓 하며 애쓴 날, 내가 묵는 숙소 옆 무너진 건물 잔해더미에서 벽돌을 나르는 네팔 꼬마 로젠을 발견한 날, 첫 번째 세계 여행을 마치고 한국에 돌아와 네팔을 위한 크라우드펀딩을 기획한 날, 크라우드펀딩 모금액을 가지고 다시 한번 네팔로 향한 날, 그 성금으로 만들어진 도서관이 개관하던 날….

'나의 여행을 책으로 엮을 기회가 온다면.'

여러 번 생각했던 일이다. 단순히 '여행 이야기'만 나열하고 싶지는 않았다. 이 책에는 여행 이전의 김민우, 여행 중의 김민우 그리고 내가 만났던 사람들의 이야기가 녹아 있다. '사건'의 개념을 넘어선 '경험'을 고르고 기억을 되새기는 동안 출간일이 다소 늦어졌지만, 그대로 좋다는 소감이다.

동요 '앞으로'의 노랫말처럼 지구는 둥그니까 이 책에 등장한 나의 친구를 당신도 언젠가 길 위에서 만나게 될지 모르겠다.

*'립마크'(We Love Nepal) 프로젝트는 2015년 5월 10일, 내가 세계 일주를 시작하기 전부터 기획했던 일이었다. 4월 네팔에 큰 지진이 나고 며칠 동안 텔레비전에서는 네팔 관련 뉴스가 끊이지 않았다. 집과 학교는 무너졌고, 수천 명의 사망자와 부상자, 수백만 명의 이재민이 발생했다. 터만 남은 집 앞에 엎어져 목놓아 우는 사람들이 너무 안타까웠다. 분명 그들에게 물질적인 도움이 필요했지만, 가족과 집을 잃은 사람들에게 감정적인 위로 역시 필요하다고 생각했다. 세계에 사는 많은 사람들이 꿋꿋이 버텨내고 있는 네팔 사람들에게 고맙고 사랑한다는 의미로 지구촌 사람들의 립마크가 담긴 엽서와 영상을 전해줘야겠다고 생각했다. 그래서 나는 남다른 특기가 있는 것도 아니지만 무작정 세계를 여행하며 네팔 사람들에게 위로와 희망을 전해 주는 엽서와 비디오를 만들어보기로 했다. 전 세계 사람들은 모두 하나라는 의미의 '립마크' 프로젝트를 말이다. ('립마크'는 지구촌 사람들이 네팔을 사랑한다는 의미를 갖고 있다. 명함 크기의 종이에 립마크를 찍거나 손으로 하트를 그려서 사랑한다는 의미를 전달하는 것이고 이것에는 대지진으로 인한 어려움 속에서도 버텨줘서 고맙고 사랑한다는 비디오도 포함이 된다.)

PART 1   한국

8박 9일간의 유럽 여행 소감을 A4 종이 한 장, 아니 반 장에 모두 기록하라고 하면 할 수 있겠는가? 처음으로 본 파리의 에펠탑과 이탈리아의 콜로세움, 인터라켄에서 만난 현지인 친구와의 즐거운 저녁식사…. 지난 추억을 빼곡히 기록하다 보면 몇 장은 거뜬할 테다. 하지만 그날 독일의 프랑크푸르트에서 인천으로 향하는 비행기를 기다리는 내게 누군가 위와 같이 물었다면 나는 고민 없이 종이 한 장을 쥐여 줬을 거다. 패키지여행 일정표. 정말 그게 전부였다.

살면서 몇 번이나 꿈꿨던 여행이었다. 비용과 시간 때문에 쉽게 엄두도 내지 못했지만, 유럽 여행을 가고 싶다며 노래를 부르던 동생을 위해 작은누나가 큰맘 먹고 자신이 오랫동안 모은 돈으로 유럽 패키지여행 상품을 결제해 줬다. 그리고 어렵게 연휴에 연차를 더해 회사에 승인을 받고 여행을 떠나게 되었다. 하지만 여행은 나의 기대와는 너무도 달랐다. 오후 5시에 모든 일정을 마치고도 우리는 숙소에만 있어야 했다. 남은 시간 동안 현지 사람들도 구경하고 낯선 땅에서 사색의 시간도 갖고 싶었지만, 가이드는 허락하지 않았다. 여행의 절반을 버스에서 보내고도 그저 다음 관광지로 향하기 위해 다시 버스에 올랐다. 나중에는

11

일정표에 동그라미까지 치며 이 여행이 끝나기만을 기다렸다. 마침내 여행이 끝났고, 녹초가 되어 올라탄 인천행 비행기에서 나는 그녀를 만났다.

가히 충격적이었다. 내 옆자리에 앉은 승객 때문이었다. 분명히 한국 여자 같은데 피부가 새카맸다. 한국계 외국인인가 하는 의문에 휩싸여 있는데 그녀의 헬멧이 눈에 들어왔다. 쓰여 있는 글자가 한글이 확실했다. 나는 다시 그녀를 봤다. 지나치듯 봤으면 외국인이라 착각했을 정도였다. '아프리카에 갔다가 유럽을 경유해 돌아가는 건가?' 궁금증이 꼬리에 꼬리를 물었다. 이상하게 그녀가 내 옆자리에 앉고 나서부턴 하나도 피곤하지 않았다. 심장이 빠르게 뛰었다. 그녀에게 뭔가 묻질 않으면 안 될 것 같은 기분, 이대로 잠들어 버리면 큰 후회를 할 것 같은 기분이었다. 여러 번 눈치를 살핀 끝에 조심스레 그녀에게 물었다.

"저기… 한국 사람인가 봐요?"

내 말이 끝나기 무섭게 그녀가 대답했다.

"네, 맞아요. 한국분이시네요?"

그렇게 두 시간여에 걸친 그녀와의 대화가 시작됐다. 그녀는 약 90일간 자전거로 유럽 일주를 했다고 말했다. 첫인상부터 어려 보이긴 했으나, 그녀의 나이를 듣고 나는 한 번 더 깜짝 놀랐다. 그녀는 20대 초반의 대학생이었다. 낮에는 자전거를 타고 이동하고 밤에는 집에 남는 방이 있는 현지 사람에게 도움을 받아 잠을 잤다고 했다. 그녀는 방 구하기가 어려울 땐 길 위에서 텐트를 치고 잤는데 그럴 땐 무서워서 맥가이버칼을 품에 안고 잤다며 호탕하게 웃었다. 여행의 기억을 떠올리는 그녀의 얼굴엔 생기가 넘쳤다. 나의 8박 9일간의 유럽 여행은 그녀가 길 위에서 보낸 하룻밤에도 견줄 수 없을 것 같았다. 그녀가 보낸 시간과 내가 보낸 시간의 밀도가 너무도 다르게 와닿았다.

그녀의 여행은 만남과 헤어짐의 연속이었다. 새로운 장소에서 새로운 사람을 만나고 사는 이야기를 주고받으며 친구가 되기도 했다. 여행담을 듣는 내내 심장이 떨렸다. 나는 8박 9일의 여행이 너무도 길었는데 그녀는 석 달 남짓한 기간을 짧았다 말했다. 이 친구의 하얗던 피부가 검게 그을릴 동안 나는 무엇을 했나 싶었다. 나도 모르게 스스로를 꾸짖고 있었다. 회의감과 동시에 어릴 적 꾸었던 꿈이 되살아났다.

'나 역시 한때는 여행가가 되어 세계 이곳저곳을 누비는 꿈을 꿨는데, 나도 나만의 특별하고 소중한 추억을 쌓고 싶었는데, 아무것도 하지 못하고 곧 30대가 되어가는구나. 하지만 지금도 늦지 않았을지 몰라.'

그 순간 나도 모르게 용기가 생겼다. 그녀와 두 시간여의 대화를 마치고 인천공항에 도착하기까지 11시간 동안 나는 세계를 여행하는 내 모습을 상상했다. 사방팔방으로 튀어 나가려는 심장을 주체할 수 없어서 혼이 났다. 그렇게 나의 첫 유럽 여행이 끝났다.

우물 밖으로 나온 개구리

며칠 뒤 나는 회사에서 정규직 전환을 통보받았다. 피자 배달, 패밀리 레스토랑 서빙, 정수기 기사, 신문 배달, 지게차 운전… 닥치는 대로 일만 하며 치열하게 살았다. 공사장 일용직으로 일한 몇 달 이후 나는 당시 다니고 있었던 텔레비전 감광제 제조 회사에 입사했다. 일용직, 계약직으로 일할 땐 정규직만 되면 행복할 줄 알았다. 자정이 넘어 퇴근해 침대 위에 털썩 드러누우면 늘 지난 여행이 떠올랐다. 괜스레 세계 일주라는 어릴 적 꿈이 생각나 쉽게 잠을 이루지 못했다.

'아니야, 이 직업이라면 적어도 남들처럼은 살 수 있어.'

나는 지금의 생활이 우선이라고 합리화했다. 남들처럼 모나지 않게, 그저 흘러가는 물속에 작은 물방울같이 사는 것도 나쁘지 않다 생각했다. 그렇게 한 달, 두 달 시간이 흘러가고 있었다. 그러다 문득 나 자신이 겁쟁이처럼 느껴졌다.

'야, 김민우! 언제까지 남들이 오른쪽으로 가면 오른쪽으로 가고 왼쪽으로 가면 왼쪽으로 갈 거냐! 백세시대에 적어도 1년은 가슴 깊이

하고 싶은 일을 해 봐야 하는 거 아니냐?!'

　　나는 일어나 자세를 고쳐 앉았다. 그리고는 스마트폰 검색창에 '세계 일주 비용'이라는 단어를 입력했다. 검색된 몇 개의 사이트가 화면에 주르륵 나열되었다. 세계 일주 비용은 어느 대륙을 여행하느냐에 따라 천차만별이었지만, 대략 1년에 2,500~3,500만 원 정도였다. 내가 예상한 금액보다는 컸지만 큰 차이는 없었다. 그렇다고 내 수중에 그만한 돈이 있을 리는 만무했다. 여러 가지 생각이 잇따랐다.

　　'여행 도중에 돈이 다 떨어지면 어쩌지? 전화 한 통 할 수도 없게 말이야.'

　　'나도 출근길에 버스비 없어서 곤란해하는 사람을 선뜻 도와준 적 있잖아. 해외라고 다를까?'

　　'그래. 사지 멀쩡하겠다, 말은 안 통해도 막일이라도 하면서 다니면 가능할 거야.'

　　이전까지는 나와 동떨어진 세상에 사는 선택받은 사람이나 세계 여행을 할 수 있다고 여겼다. 그렇게 머릿속으로만 생각하다가 말았다. 그런데 세계 여행 비용, 계획 등 구체적인 자료들을 알아보다 보니 그 꿈만 같던 일이 어느새 실현 가능한 일로 와닿았다. 정규직 전환을 통보받았을 때도 이렇게 심장이 뛰지는 않았다. '내 심장이 이토록 빠르게 뛰는데 이제 숨기지 말아야지' 하는 생각이 들었다. 혼자 여행하다 국제 미아가 될지언정 남이 그려 놓은 밑그림에서 혹여나 내 라인이 삐져나오지는 않을까 노심초사하며 원하지 않는 삶을 살지는 않으리라. 단 하루, 한순간이라도 내가 진심으로 원하는 삶을 살고 싶었다.

　　　　　　　　　　　　　　　　　　우물 밖으로 나온 개구리

파리에서 와인을 마시며 에펠탑 위에 붉게 타오르는 노을이 드리워지는 모습을 보는 것, 수많은 별을 보기 위해 침낭 하나에 의지한 채 히말라야에서 밤을 지새우는 일, 처음 만난 사람들과 노래 한 곡 틀어 놓고 아무 생각 없이 춤을 추는 것, 모두 큰돈이 있지 않아도 가능했다. 돈은 없어도 나에겐 젊음이 있었다. 나도 모르게 확신에 가득 찼다. 어쩌면 내가 상상도 하지 못할 만큼 의미 있는 일을 하게 될지도 몰랐다. 두고두고 자식에게, 손자 손녀에게 들려줄 수 있는 그런 모험담이나 이야기 말이다.

매일 밤 나는 세계 여행 정보를 찾았다. 세계 여행을 다녀온 블로거에게 쪽지를 보내고 귀찮아하는 지인들을 괴롭히며 여행의 요령을 배우고자 했다. 나에게 이런 적극적인 면이 있는 줄은 몰랐다. 마침내 나는 회사를 그만두고 세계 여행을 떠나기로 했다. 단순 장기 여행이 아니라 세계의 6대륙과 최소 30개국을 여행하는 세계 일주 말이다. 지구를 한 바퀴 도는 진짜 세계 일주. 첫 국가는 어디가 좋을까? SNS에서 봤던 다나킬의 에르타알레 활화산 사진이 퍼뜩 떠올랐다. 언제 폭발할지 모르는 활화산에 올라 그 열기와 약동을 느끼는 상상만 해도 짜릿했다. 나는 당장 에티오피아로 향하는 비행기 표를 검색했다. 그런데…

잠깐, 나 영어 못하잖아.

떠나자! 잠시만, 나 영어 못하잖아

　　책이나 텔레비전 등 다양한 보도 매체를 보면 'how are you?' 정도의 초급 영어 실력으로 세계 일주를 했다는 사람들도 많다. 언어는 문제가 안 된다고 말씀하신 분들을 신뢰하지 않는 것은 아니다. 정말 맞는 말이라고 생각한다. 여행자들은 모두 각자 자신만의 방식으로 여행을 한다. 나는 누군가의 여행을 두고 왈가왈부하고 싶지 않다. 여행엔 답이 없다는 말이 있지 않은가! 그리고 나 역시 영어를 못한다. 하지만 나는 프랑스에서 에펠탑을 보고 영국에서 빅벤을 보고 탄자니아에서 세렝게티 초원을 보는 그런 단순한 여행을 하고 싶지는 않았다.

　　에펠탑을 보며 생각에 빠져 있는 듯한 사람과 대화를 나누어 보고 싶었고 독일의 알리안츠 아레나에서 축구를 본 뒤 그곳에서 만난 축구 팬에게 왜 바이에른 뮌헨을 좋아하냐고 물어보고 싶었다. 케냐나 탄자니아, 인도나 아르헨티나 어디든 간에 현지인들과 직접 대화를 나누며 그들의 생각이나 가치관을 알아가는 것, 그것이 내가 꿈꾸는 여행의 모습이었다. 그러다 인연이 되어 짧은 대화를 나눴던 현지인과 깊은 관계를 맺게 된다면 그때도 언어가 필수라고 생각했다. 내가 바라는 세계여행에는 영어가 필수였다.

영어 회화를 배우기로 하고 학원과 과외를 알아봤다. 그런데 아무리 생각해도 영어 공부를 이유로 여행 일정을 늦추는 건 시간 낭비 같았다. 게다가 학창 시절에도 취미 없었던 영어 공부를 이번엔 얼마나 끈기 있게 하는지 확신이 들지 않았다. 그때 문득 3년 전 함께 세부에 갔었던 보람이가 생각났다. 보람이는 지금도 세부에서 생활하고 있었다. 나는 곧장 보람이에게 전화를 걸었다.

"여보세요?"
"보람아, 나 너 있는 동네로 갈래."
"그래, 빨리 와라. 막창 당기니깐 그거 챙겨오고".

믿기지 않겠지만, 위의 세 마디가 통화 내용의 전부였다. 보람이는 내게 이유를 묻지 않았다. 나는 전화를 끊자마자 세부행 비행기 표를 끊었다. 진정한 친구 사이가 되려면 3년은 겪어 봐야 한다는 말이 있다. 그 말도 틀리지 않다. 하지만 보람이와 나의 관계엔 시간 조건이 붙지 않았다. 몇 년을 못 봤지만, 우리의 대화엔 끈끈한 신뢰가 있었다. 십여 년을 알고 지내도 낯선 사람이 있고, 대화 몇 마디 주고받은 것뿐인데도 가족같이 느껴지는 사람이 있다. 보람이는 내게 그런 사람이었다.

필리핀에선 여행과 영어 공부라는 두 마리 토끼를 잡을 수 있었다.

그리고 그곳엔 보람이라는 든든한 내 편이 있었다.
나의 첫 여행지는 그렇게 결정됐다.

영상을 보는 나의 입에서 탄식이 흘러나왔다. 본능적으로 안타까운 감정이 새어 나왔다. 4월 네팔 대지진 이후 텔레비전에서는 네팔 관련 뉴스가 끊이지 않았다. 무너진 집과 학교, 들것에 실려 가는 부상자들… 통곡하며 그 뒤를 따라가는 부상자의 가족들이 보였다. 수천 명의 사망자와 부상자, 수백만 명의 이재민이 발생했다. 터만 남은 집 앞에 엎어져 목놓아 우는 사람들이 너무도 안타까웠다.

방으로 돌아와 언제나처럼 인터넷을 찾아보며 여행 계획을 세우는데 인터넷 창에 뜨는 네팔 뉴스에 또다시 눈이 갔다. 그렇게 한참 동안 네팔 뉴스들을 읽었다. 마냥 들뜨고 행복했던 마음이 차분해졌다. 대지진이 있기 얼마 전까지 누나가 네팔에서 꽤 오랜 기간을 지냈었기 때문에 네팔은 우리 가족에게 멀기만 한 나라가 아니었다. 누나가 카카오톡을 통해 보내 주었던 사진 속 네팔의 모습은 더없이 한적하고 평화로웠건만. 지금은 뿌연 먼지 속에 마스크를 쓴 사람들이 분주하게 움직이고 있었다.

네팔의 모습을 보니 여행을 떠날 수 있는 나의 처지가 얼마나 감사한 것인지, 내가 누리고 있는 것들이 얼마나 많은지 새삼 돌아보게 되었다. 문득 내가 세계 여행을 떠나려는 이유가 무엇인지 궁금했다. 하지만 지금껏 세운 계획들은 하나같이 가고 싶었던 곳을 방문하거나, 외국인 친구를 사귀는 것처럼 일반적인 기대와 바람에 초점을 둔 것들이었다. 그저 유명 관광지를 구경하고 사진 찍고 돌아오는 단순한 여행은 싫었다. 보다 고차원적인 문제를 고민해 보았다. 네팔 사람들에게 우리가 이렇게 함께 슬퍼하고 안타까워하고 있음을 알려주고 싶었다.

그런 생각에 빠져있었는데 그때 내가 앉은 식탁 위에 어머니가 놓고 가신 립스틱이 보였다. 그리고 갑자기 생각났다. 아... 그래 여행하면서 만나는 친구들에게 저 립스틱으로 하트를 받는 거야, 그러니깐 립마크가 되는 거겠지. 저 립마크로 지구촌 사람들이 네팔 사람들을 사랑한다는 것을 표현해야겠어 뭐가 좋을까... 맞아 엽서!! 많은 사람이 립마크를 가지고 사진을 찍을 거야. 그럼 나는 그걸로 엽서를 만들어 네팔 사람들에게 전해줘야겠어!!

나는 세계를 여행하며 네팔 사람들에게 위로와 희망을 전해 주는 비디오를 제작하기로 했다.

그에 더해 지구촌 사람들이 네팔을 사랑한다는 의미에 입술마크를 종이에 찍은 사진을 모아 한 장의 엽서로 만들어 네팔 사람들에게 전해주고자 계획을 세웠다.

나아가 우리가 모두 하나라는 메시지를 전 세계 사람들에게 전하고 싶었다. 여명이 밝아 올 때까지 '립마크' 비디오를 구상했다. 완성된 비디오가 눈앞에 그려지는 듯했다. 설레고 기대되는 마음에 잠들 수가 없었다. 이전까지의 기대감과는 다른 느낌이었다. 무언가 벅차고 가습이 꽉 찬 것 같은 기대감이었다. 내 여행에 궁극적인 목적이 생긴 셈이었다.

다가오는 출국일!

"저 여행 좀 다녀오려고요."
"그래. 이번엔 어디 가려고?"
"1년 정도 지구 한 바퀴 돌고 올 생각이에요."

한가로운 주말 오후 가족들과 식사를 하고 기분 좋게 과일을 먹고 있었다. 내 말이 끝나자 일순간 침묵이 흘렀다. 아버지는 그게 무슨 뜬금없는 이야기냐며 반대하셨다. 남은 가족들도 아버지의 말에 동의하듯 고개를 끄덕였다. 예상했던 반응이었다. 나는 덤덤하게 한마디 덧붙였다.

"벌써 항공권도 다 예매했어요. 환불 안 되는 거예요."

사실 환불이 되는지 안 되는지는 확인하지 않았다. 어머니가 워낙 검소하시니 이렇게 말씀드리면 우선은 허락해 주시리라 생각했다. 그리고 내 예상은 빗나가지 않았다. 어머니는 한동안 아무 말 없이 앉아 계시다가 다른 방법이 없다는 듯 "그럼 어떻게 해. 다녀와야지" 하셨다. 이후엔 여느 어머니와 아버지처럼 우리 부모님도 내게 현실적인 질문을 던지셨다. 곧 서른을 바라보는 나이인데 직장은 어쩌려고 그러느냐, 남들은 다 직장에서 자리 잡고 결혼할 때 넌 뭘 할 거냐, 질문 세례가 쏟아졌다. 구체적인 해답과 해결책을 제시하지는 못했지만, 그런 불확실한 미래가 두렵지 않았다. 나는 당당히 대답했다.

"어머니, 아버지. 아들 이제까지 잘 자라온 것처럼 앞으로도 잘 헤쳐나갈게요. 다 잘될 거예요. 걱정하지 마세요."

아들의 갑작스런 세계 일주 선언에 당황스러운 기색이 남아 있었지만, 부모님은 이내 나의 여행을 허락해 주셨다. 끝까지 반대하시면 어떻게 해야 하나 초조해지던 찰나에 숨통이 트이는 듯했다. 나는 세계 여행 준비에 박차를 가했다.

가장 먼저, 예전부터 꼭 가고 싶었던 인도의 비자와 국제면허증을 발급받았다. 몇몇 국가를 지정해 두긴 했지만, 예상치 못한 상황으로 인해 계획이 틀어질 수도 있었기에 예방 접종이란 예방 접종은 다 했다. 남미와 아프리카를 대비한 황열병 주사부터 파상풍, 장티푸스, A형간염 예방 주사를 맞고 말라리아약과 고산병약도 처방받았다. 살면서 이렇게 단기간에 많은 주사를 맞아 본 적은 처음이었다. 평소 주삿바늘을 무서워하지 않던 나도 연달아 주사를 맞을 때는 겁이 좀 났다. 속이 메스꺼웠지만, 그런 기분이 드는 동시에 '아, 내가 진짜 떠나는구나' 하는 기분이 들어 설레었다.

첫 여행지인 필리핀으로 가는 날짜가 가까워질수록 나는 여행 준비에 더욱 집중했다. 중고 물품 거래 사이트와 온라인 카페를 통해 노트북과 액션 카메라 고프로를 구매하고 외장 하드, 고프로용 셀카봉, 각종 액세서리 도난용 지갑, 55리터 배낭 등등 수많은 물품을 장만했다. 방안 가득 여행용 물품이 쌓였다. 한국을 떠나는 날도 얼마 남지 않았다.

한국을 떠나다

마침내 D-DAY가 밝았다. 짐을 꾸리는 일에 익숙하지 않아 새벽까지 배낭을 몇 번이고 다시 쌌다. 필요한 것을 하나둘 집어넣다 보면, 어김없이 배낭은 제 몸보다 작은 치수의 셔츠를 입은 뚱뚱보가 되었다. 그러면 나는 셔츠 단추를 풀 듯 배낭의 주머니를 하나하나 열어 물건들을 다시 꺼냈다. 여러 번의 시도 끝에 얼추 세계 일주의 구색을 갖춘 배낭이 정리됐다. 부엌으로 가니 작은누나를 제외한 모든 가족이 식탁에 앉아 나를 기다리고 있었다. 상 가운데에는 내가 어머니 음식 중 가장 좋아하는 제육볶음이 놓여 있었다. 평소에 제육볶음을 해 달라고 조르면 귀찮다며 직접 해 먹으라고 손사래 치시면서. 깨소금까지 뿌려져 있는 제육볶음을 보고 있노라니 먼 길 떠나는 아들을 향한 엄마의 애틋한 마음이 느껴졌다. 나는 "우리 아들과 헤어져야 한다니깐 엄마는 슬퍼"라고 말씀하시는 어머니를 꼭 안아드렸다. 아무 일 없이 잘 다녀오겠다는 아들의 말을 들으며 어머니는 두어 번 내 등을 두드렸다. 그렇게 가족들과 2015년 마지막 식사를 함께하고 인천국제공항으로 향했다.

공항에 도착한 나는 뒤뚱거리며 서둘러 카트를 찾았다. 항공권을 발급받고 출국 게이트로 향했다. 이제는 무를 수 없음을 알면서도 어머니는 투정 부리듯 내게 안 가면 안 되느냐고 연거푸 물으셨다. 나는 굳은 의지를 다지며 어머니께 나직이 말했다.

"어머니, 걱정하지 마세요. 안전히 돌아올 테니, 한국으로 돌아오는 날 제가 좋아하는 제육볶음 다시 해 주세요."

어머니는 말없이 내게 안기셨다. 아버지는 그 모습을 묵묵히 지켜보고 계셨다. 나는 가족들과 포옹을 나누고 마지막으로 우리 가정의 큰 버팀목이신 아버지께 다가갔다. 아버지는 잘 다녀오겠다는 아들의 인사에 씁쓸한 표정을 지으며 대답하셨다.

"그래. 민우야, 여행하다가 정 힘들면 다른 사람들 신경 쓰지 말고 언제든지 돌아와."

작별이었다. 나는 어머니와 아버지를 뒤로하고 출국게이트로 향했다. 줄을 서서 뒤를 돌아보니 손을 흔들며 배웅하는 가족들이 보였다. 항공권을 확인받고 나는 출국심사장으로 들어섰다. 이제는 돌아보아도 가족들이 보이지 않을 것이다. 나는 닫히는 게이트 문을 보며 혼잣말을 했다.

"그래. 이제 진짜 시작이야. 세계 일주가 시작된 거야. 한번 제대로 즐겨 보자!"

1. 고프로, 고프로용 셀카봉, 각종 고프로용 액세서리

고프로는 액션캠이다. 광각제품이라 하늘, 땅, 바닷속 가리지 않고 어디서든 촬영할 수 있다. 돌아오지 않을 나날을 생생히 기록하고 싶다면 고프로를 추천한다.

2. 노트북과 외장 하드

노트북이 있으면 해외에서 항공권을 구매할 때 조금 더 수월하고 영상을 편집하는 데도 큰 도움이 된다. 여행의 매 순간을 편안하고 신속하게 기록할 수 있다. 하지만 배낭을 메고 오래 걷다 보면 집어 던지고 싶은 순간들이 찾아올 테니, 여유가 된다면 가벼운 제품을 구매하시길!

3. 도난용 지갑

말 그대로 도난을 위한 지갑이다. 필리핀이나 남미, 브라질 혹은 치안이 좋지 않은 어떤 국가에서는 잘 다닌다고 다녀도 강도나 나쁜 사람을 만날 수 있다. 이렇게 흉기를 들고 강도질을 하는 사람 중에는 생계형 범죄자가 대부분이다. 치안이 좋지 않은 국가이기 때문에 아무것도 없으니 배 째라는 식의 태도로 일관하면 이들은 진짜 '무슨 짓'을 할 수

도 있다. 그러니 약간의 돈을 넣은 '털리기 위한 지갑'이 필요하다. 이 지갑(?)이라도 받은 강도는 순순히 돌아갈 확률이 높다.

4. 55리터 배낭

나는 킬리의 인테그랄 55리터 제품을 구매하였다. 최대 70리터로 확장이 가능하고 평소에는 55리터로 사용할 수 있는 것 외에도 보조 가방이 달려 있어 요긴하다고 생각했다. 가능하다면 배낭은 직접 메 보고 사는 것을 추천한다. 나의 경우 오랜 기간 함께 동고동락할 배낭을 고르기 위해 홍대 매장을 방문했었다.

5. 라면 스프

사실 라면을 많이 챙겨가는 게 가장 좋지만, 안 그래도 부족한 배낭 공간을 라면으로 낭비할 수는 없다. 하지만 스프는 몇십 개를 넣어도 자리를 많이 차지하지 않는다. 라면은 전 세계 어디에서나 파니까, 현지 면에 챙겨간 스프를 넣으면 언제든 한국의 맛을 느낄 수 있다.

6. 여행 샌들

슬리퍼 같은 샌들이 아니라 뒷부분을 잡아 주는 샌들이 좋다. 가령 버스를 놓쳤을 때 망설임 없이 뛸 수 있는 샌들 말이다. 샌들의 장점은 소나기나 웅덩이를 건널 때 젖을 걱정을 하지 않아도 된다는 것이다.

7. 목베개, 수면 안대

이동 수단을 장시간 이용해야 할 때 목베개와 수면 안대는 큰 도움이 된다. 게다가 저렴한 숙소는 베개 상태가 지나치게 나쁘거나, 심지어 벌레가 나오기도 하니 본인의 베개를 챙겨서 나쁠 건 없겠다.

8. 여행용 어댑터와 멀티 콘센트

세계 곳곳을 여행해야 하니 당연히 여행용 어댑터가 필요하다.

김민우의 'Must Have Item'

요새는 콘센트와 더불어 USB 포트 두 개를 연결해 한 번에 여러 기기를 충전하는 제품도 있다. 이에 더해 도미토리나 저가 숙소에선 콘센트가 부족할 수 있으니 멀티 콘센트 5구짜리를 함께 챙기길 추천한다.

9. 번호 자물쇠와 와이어

세계 여행을 하다 보면 장시간 이동할 일이 많은데 가끔 화장실이 급할 때가 있다. 혹은 어디를 잠시 가 봐야 할 상황. 그럴 때 긴 와이어로 의자나 손잡이에 가방을 연결해 자물쇠로 묶어 두면 안전하다.

10. 물병

여행하다 보면 은근히 물을 사 먹어야 하는 나라가 많다. 별거 아닌 것 같지만, 물값이 쌓이면 무시할 수 없게 된다. 가볍고 적당한 크기의 물병을 하나 가지고 다니며 정수기를 발견할 때마다 물을 채워 다니면 요긴하다.

PART 2 　한국 → 필리핀

　　타갈로그어로 된 도로 표지판을 보며 자연스럽게 운전하는 보람이가 신기했다. 나는 멍하니 차창 밖으로 새파란 하늘과 필리핀의 거리를 바라보았다. 목덜미로 주르륵 떨어지는 땀방울이 느껴졌다. 차 안이나 밖이나 덥고 습하긴 매한가지였다. 40분 정도 지났을까? 앞으로 2주간 지내게 될 발리 어학원에 도착했다. 이름만 들으면 인도네시아 발리의 화려하고 아름다운 풍경이 떠오르겠지만, 실상은 수영장은커녕 세부에 있는 학원 중 제일 저렴하고 시설이 노후한 곳이었다. 하지만 낯선 땅에서 이동 수단 걱정 없이 편히 숙소에 도착한 게 얼마나 좋은 일인가?

　　보람이가 자동차 경적을 울리자 관리인으로 보이는 한 필리핀 중년 남성이 나왔다. 아저씨는 녹슨 철문을 힘껏 밀었다. 보람이는 자연스럽게 안으로 차를 몰아 지정된 자리에 주차했다. 나는 차에서 내려 학원 전경을 살펴보았다. 기숙학원의 규모는 생각보다 컸다. 세부에서 가장 낙후된 학원이라고 해서 원래도 기대가 없었지만, 실제로 보니 정말 20년 전에 지은 것 같은 모습이었다. 낡은 시설들을 보고 있으니 건물들이 본래는 다른 목적으로 세워졌던 건 아닐까 하는 생각도 들었다. 닳은 돌 타일들과 타일 틈틈이 삐져나와 있는 이름 모를 잡초들, 녹슨 철 구조물들이 이곳이 얼마나 오래되었는지 가늠케 해 주었다.

우리는 3층 방을 배정받았다. 계단을 올라 보람이와 함께 묵을 방 앞에 섰다. 마치 90년대 주택에 있는 나무문 같았다. 술김에 누군가가 발로 쾅 차면 열릴 모양새였다. 나는 혹여 세게 열면 문이 푹 주저앉을까 조심스레 손잡이를 잡았다. 문을 열었다. 1990년대 아니 1980년도에 지었을 법한 내부가 보였다. 맞은편 벽 쪽에 때 탄 스위치가 보였다. 전등에 불이 들어오자 방 안의 모습이 드러났다. 침대 두 개와 낮은 책상 두 개 그리고 좌변기가 보였다.

필요한 것들은 모두 있었다. 나는 침대와 책상, 옷을 넣어놓을 수 있는 작은 공간에 꽤 만족했다. 바닥에 앉아 짐을 풀기 시작했다. 보람이가 한창 짐을 정리하고 있는 나를 보고 있더니 자신의 막창은 어디 있느냐고 물었다. 나는 피식 웃으며 배낭 깊숙이 손을 집어넣어 수건과 신문지로 돌돌 말은 아이스팩 뭉치를 꺼냈다. 보람이는 공항에서 몇 년 만에 나와 재회했을 때보다 더 밝은 표정으로 막창고기를 받아들었다. 얼추 짐을 정리한 우리는 가까운 마트에 가서 산미구엘 맥주를 사 왔다. 숙소 밖 벤치에 앉아서 그간 못 나눈 얘기를 하며 웃고 떠들었다. 보람이가 내게 물었다.

"김민우, 그럼 앞으로의 계획은 뭔데?"
"응, 나 세계 일주."

보람이는 나의 대답에 호탕하게 웃더니 주먹을 내밀었고 나도 주먹을 쥐어 그 주먹을 받아쳤다. 필리핀에서 보내는 첫 번째 밤이 지나가고 있었다.

일주일쯤 지나자 어학원 생활에 익숙해졌다. 세부에서의 생활은 단순했다. 그도 그럴 것이 나에게 가장 필요한 것은 영어 실력뿐이었기 때문이다. 아침에 일어나서 학원 식당으로 내려가 간단한 식사를 마치고 영어 수업을 들었다. 개인 수업도 받고 다섯 명씩 그룹 토의 수업도 했다. 정규 수업 외에도 영미권 영화를 시청하는 등 다양한 활동이 있었다. 첫 주 동안은 나름 열심이었다. 세계 여행에 앞서 영어의 필요성을 절감하고 있었고 또 그만큼 잘하고 싶었다. 하지만 2주 차가 지나고 3주 차에 접어들자 난 완전 양아치(?) 학생이 되어 버렸다. 내 머릿속은 온통 여행 생각뿐이었다. 여행을 다니느라 수업에 지각하고 결석도 했다. 숙제도 빼먹었다. 그냥 열심히 놀았다. 세부의 곳곳을 관광하는 재미도 있었지만, 무엇보다 현지인들과 영어로 대화하는 것이 즐겁고 흥미로웠다.

"그래! 가만히 책상에 앉아 공부하는 건 내 스타일이 아니지! 열심히 노는 거, 그게 내 스타일이야. 다만 기억하자. 영어로만 대화하는 거야. 외국인 친구들하고 열심히 놀아야지!"

그렇게 나의 필리핀 라이프가 시작되었다.

필리핀 소년과의 재회

2013년 여름, 필리핀에 여행을 왔었다. 당시 오전 내내 이곳저곳을 관광하고 잠시 쉬고 목도 축일 겸 숙소 근처 카페에 들렀다. 거기서 가브리엘을 만났다. 가브리엘은 카페 직원이었다. 안 되는 영어를 써 가며 나는 그와 짧은 대화를 나눴다. 인상이 좋고 친절한 그 덕분에 그 카페에서 편안히 쉬었던 기억이 난다. 옷깃만 스쳐도 인연이라는 말이 있다. 우리가 명동 한복판에서 옷깃을 스친 사람을 다시 만날 확률이 얼마나 될까? 아니 만난다 한들 알아볼 수 있을 리 없었다. 그런데 나에게 그런 신기한 일이 벌어졌다. 2년 만에 다시 찾은 필리핀에서 가브리엘과 마주친 것이다.

더위도 식힐 겸 한 쇼핑몰로 들어가고 있었는데 낯익은 얼굴이 옆을 지나갔다. 난 단숨에 그가 가브리엘임을 알았다. 나는 놀라고 반가워 그의 이름을 불렀다. 그러자 그가 의아한 표정을 지으며 뒤를 돌아봤다. 그는 몇 초간 나를 멀뚱히 바라보다가 나직이 내 이름을 불렀다. 가브리엘 역시 나를 기억하고 있었다. 마침 저녁 시간이기에 난 가브리엘에게 저녁 식사를 함께하자고 제안했다. 그는 잠시 고민하더니 승낙했다. 무엇을 먹고 싶냐는 나의 질문에 가브리엘은 졸리비 햄버거 괜찮으냐고 물었다. 마침 근처에 졸리비가 있어서 우리는 고민하지 않고 곧장 매장으로 들어갔다.

　　우리는 음료와 햄버거를 주문하고 자리를 잡고 앉았다. 가브리엘을 보고 있자니 참 신기하고 이게 무슨 일인가 어안이 벙벙했다. 2년 전 필리핀 한 카페에서 마주쳐 몇 마디 대화를 주고받았던 사람을 세계일주 중에 만나다니. 주위가 어수선했지만, 난 그에게 집중했다. 연신 웃음이 나왔다. 가브리엘은 고생 안 하고 산 사람처럼 깨끗한 피부를 지녔고 깔끔한 인상을 가지고 있었다.

　　내가 그의 바뀐 헤어스타일을 알아보며 2년 전과 똑같다고 하자, 가브리엘은 그러는 넌 2년 사이 너무 늙은 것 아니냐며 한 방 먹였다. 나는 웃으며 너처럼 어린 사람은 세월이 얼마나 무서운지 이해 못 한다고 말했다. 말하고 보니 문득 가브리엘이 정말 어리다는 생각이 들었다. 2년 전에 18살이었으니 지금은 스무 살이었다. 가브리엘은 전에 일하던 카페가 아니라 새로운 직장에서 일하고 있었다. 그는 매일 여덟 시에 자고 새벽 네 시에 일어나 막탄에서 지프니[1]를 타고 왕복 네 시간 거리에 있는 직장으로 출퇴근한다고 했다. 내가 힘들지 않으냐며 걱정하자 가브리엘은 다른 친구들보다 높은 보수를 받고 있어서 만족한다며 웃었다.

　　"가브리엘, 넌 어리고 하고 싶은 일도 많을 텐데 왜 이렇게 열심히 일하는 거야?"

　　"별거 없어. 내가 돈을 벌어야 하니까. 내가 놀면 가족들이 굶거든. 동생들도 학교에 다닐 수 없고. 아버지는 내가 어릴 때 사고를 당하셔서 제대로 걷기 힘드셔. 어머니도 편찮으시고. 사실상 내가 우리 가족의 가장인 셈이지 뭐."

1) 필리핀에서 이용하는 교통수단으로 지프를 개조한 택시를 말한다.

그 얘기를 듣는데 순간 망치로 머리를 맞은 기분이었다. 나는 내가 번 돈을 오로지 나에게 투자해서 이렇게 여행을 다니고 있는데 가브리엘은 가족들을 위해서 자신의 돈과 시간을 온전히 바치고 있었다. 그런 와중에도 가브리엘의 표정은 여전히 밝았다. 마치 유복한 가정에서 아무 걱정도 없이 자라 온 아이처럼 아주 발랄한 모습이었다. 열심히 사는 가브리엘이 측은하게 느껴졌다. 하지만 나에겐 달리 그를 도와줄 방법이 없었다. 얼빠진 표정으로 자신을 말없이 바라보고 있는 나 때문에 괜히 머쓱했는지 가브리엘이 내게 물었다.

"킴, 여기 치즈버거 어때? 정말 맛있지 않아?"

나는 괜히 분위기를 바꾸려 밝게 말하는 가브리엘에게 고맙기도 하고 괜히 장난기가 발동해 이렇게 답했다.

"아니. 완전 별론데? 옆에 아이스크림 가게는 맛있어 보이던데, 우리 더 있지 말고 거기 가자! 내가 오늘은 큰맘 먹고 네가 좋아하는 아이스크림 두 개 사 줄게!"
"킴, 그 말 미루기 없다? 당장 가자!"

우리는 자리를 옮겨 한참 수다를 떨었다. 기숙사에 돌아와 침대에 누우니 지프니를 타고 가던 가브리엘의 뒷모습이 생생하게 떠올랐다. 필리핀에서 생활한 지 몇 주 되지 않았지만, 정말 많은 경험을 했다. 한국에서만 살았다면 평생 다시 만나지 못했을 사람도 만났다. 나와 대화를 나눴던 현지인들의 사연은 모두 천차만별이었다. 장사를 하는 사람, 운전기사, 쇼핑몰에서 일하는 사람…. 그들이 살아온 이야기는 정말 다양했다. 하지만 이야기의 시작은 대부분 가족을 부양하기 위해 혹은 넉넉하지 않은 가정 때문에 학업을 포기하는 것이었다. 오로지 나의 행복을 위해서 떠난 여행이지만, 왠지 오늘 밤은 쉽게 잠들기 어려울 것 같았다. 새 친구를 사귈 때면 신나고 기분이 좋으면서도 마음 한구석이 아려왔다. 처음에는 내 능력이 됐다면 조금이라도 그들을 도울 수 있었을 텐데 싶었는데 시간이 갈수록 능력이 충분하지 않아도 그들에게 뭔가를 해 주고 싶다는 생각으로 바뀌었다.

나는 천장을 바라보며 혼잣말을 중얼거렸다.

"내 주제에 무슨… 내 코가 석 자인데. 나 하고 싶은 일에만 집중하자."

세부에서 만난 권총 강도

"너 정말 깼어. 거기서 그렇게 말하는 놈이 어디 있냐?"

보람이가 맥주병을 입에 대고 탈탈 털며 말했다. 하늘이 어둑어둑해질 때쯤 시작된 수다가 길어졌다. 숙소 마당에 있는 파라솔 아래에서 이야기꽃을 피우노라면 시간 가는 줄 몰랐다. 우리가 처음 만난 건 스무 살, 갓 성인이 되었을 때였다. 처음엔 우리가 너무 다르다고 생각했다. 매서운 눈빛의 보람이는 과묵하고 의사 표현이 명확했다. 그에 비해 나는 생김새도 둥글둥글하고 꽤 우유부단한 성격이었다. 좋아하는 취미도 달랐다. 나도 모르는 이유로 어쩌다 둘이서 술자리를 가졌는데, 그 후로 우리는 물 흐르듯 자연스럽게 친해졌다. 우리는 산미구엘을 마시며 대학생 시절을 추억했다.

"야, 너는 시커매서는. 어제 필리핀 사람들이 너한테 타갈로그어로 인사하더라?"

보람이의 공격에 나도 질세라 반격을 했다. 우리의 웃음은 끊이질 않았고 그에 발맞춰서 맥주병 역시 한 병 두 병 비어 갔다. 냉장고에 있던 맥주병이 바닥났지만, 벌어진 술판을 정리하려니 아쉬웠다. 기분도 좋겠다, 나는 나서서 맥주를 더 사 오겠다고 했다. 그리곤 대답도 듣지 않은 채 일어나 굳게 닫힌 철문을 열고 밖으로 나왔다. 밖으로 나서자마자 필리핀의 냄새가 물씬 내게 다가왔다.

해가 저물었음에도 거리는 후덥지근했다. 평소 같으면 멀더라도 안전한 길로 갔을 텐데 이날은 무슨 바람이 불었는지 목적지가 멀지 않았음에도 어둡고 위험한 지름길을 택했다. 설마 무슨 일이 생기기야 하겠나 싶었다. 어둑어둑한 길을 20분쯤 걸었을까 갑자기 왜소한 체격의 필리핀 남자가 내 옆으로 걸어왔다. 그는 주위를 서성이며 내가 혼자인 걸 확인하고는 바짝 다가왔다. 그리곤 내 어깨를 자신의 어깨로 강하게 쳤다. 나는 그가 술에 취했거나, 제정신이 아닌 사람일 거라고 생각했다. 나는 신경 쓰지 않고 갈 길을 계속 갔다. 내가 반응을 보이지 않자 남자가 강한 어조로 말했다.

"너, 내 어깨 밀치고 미안하다는 말도 안 하고 그냥 가냐?"

남자는 계속 나를 따라왔다. 좀 불길한 기분이 들었다. 나는 걸음을 빨리해 안전하다고 생각되는 마트 안으로 들어갔다. 마트 안에는 여러 명의 필리핀 사람들이 있었다. 외국인으로 보이는 사람은 오직 나뿐이었다. 그 순간 남자가 마트 앞에 도착했다. 그는 가게 문을 활짝 열고는 소리쳤다.

"저 한국놈이 나를 밀치고 미안하다는 말도 없이 도망갔습니다. 필리핀 사람 무시하는 저놈을 혼내 주고 싶습니다."

남자의 말이 끝나자 마트 안에 있던 필리핀 사람들은 매서운 눈초리로 나를 바라봤다. 씩씩거리던 그가 한마디 덧붙였다.

"야, 나와. 나랑 한 판 붙자!"

남자의 말이 끝나자 사람들은 어서 나가라며 나를 부추겼다. 내가 제 발로 걸어 나가지 않으면 끌고 나갈 기세였다. 억울하고 어이가 없었지만, 나보다 왜소한 남자가 무섭지는 않았다. 분위기상 별수 없겠다 싶어 나는 여유롭게 밖으로 나갔다. 그리고는 내 키에서 머리 하나가 없는 마른 체격의 남자를 의기양양하게 쳐다봤다. 순간 남자가 품에서 권총을 꺼내 들었다. 나는 온몸이 경직된 채 머리에 겨눠진 총을 바라보았다. 지금까지 살아온 삶이 주마등처럼 스쳐 지나갔다.

'아, 그 길로 오는 게 아니었는데….'

따라 나온 필리핀 사람들도 남자가 총을 들자 선뜻 다가와 말리지 못했다. 그 짧은 순간 별의별 만 가지 생각이 다 들었다. 영화 주인공들은 아무렇지도 않게 이런 상황을 모면하던데 나도 할 수 있지 않을까? 오른손으로 총을 든 손을 잽싸게 낚아채 총을 빼앗고 힘으로 제압하는 거야. 하지만 생각은 생각일 뿐 내 몸은 파타고니아에 있는 차가운 빙하처럼 굳어 버렸다. 잘못 판단하면 정말 큰일이 일어날 상황이었다. 나는 일단 남자의 비위를 맞추기 위해 두 손을 들어 올렸다. 그리곤 최대한 조심스럽게 말했다.

"그래, 미안해. 다 내 잘못이야…. 내가 널 치고 미안하다는 사과도 안 하고 그냥 지나쳤어. 내가 정말 큰 실수를 했다. 정말 미안해."

내 말을 들은 남자는 빈정거리듯 웃음을 보였다. 그가 어떤 말을 내뱉기도 전에 난 주머니에 있는 돈을 모두 꺼내 내밀었다.

"이거 얼마 안 되지만, 내 사과의 뜻이야. 제발 받아 줘."

돈을 보자마자 남자는 자신의 목적이 달성되었음에 환한 미소를 지었다. 그리곤 지체하지 않고 총을 들지 않은 손으로 돈을 낚아채 갔다. 그는 다시 한번 누런 이를 내게 보이더니 뒤돌아 어두운 골목길로 사라졌다. 나는 다리에 힘이 풀려 한동안 길바닥에 주저앉아 있었다.

내가 남자에게 준 돈은 1,000페소 한국 돈으로 2만 5천 원 정도의 화폐였다. 결국, 그 2만 5천 원이 내 목숨을 살린 셈이었다. 내 주머니에 1,000페소가 없었더라면 나는 어떻게 됐을까? 생각만 해도 아찔했다. 그날 이후 나는 치안이 좋지 않은 나라를 여행할 땐 꼭 '털리기 위한 돈'을 따로 챙긴다. 날마다 새로운 경험의 연속이었다. 생계형 강도들은 아무 수익도 얻지 못하면 화풀이로 사람을 쏴서 죽이기도 한다고 들었다. 내가 만난 권총 강도도 확신할 수는 없지만, 돈을 벌기 위해 총을 들었을 거다. 나의 목숨을 위해 남의 목숨값을 받아야 하는 상황…. 갑자기 머리가 아파 왔다. 나는 여전히 후들거리는 다리를 간신히 움직여 기숙사로 향했다.

내가 기숙사에 도착했을 땐 이미 난리가 나 있었다. 20분 안쪽으로 돌아와야 했을 내가 1시간이 지나고도 돌아오지 않았기 때문이었다. 그 지역은 원래 치안이 좋지 않은 지역이었다. 보람이는 나에게 안 좋은 일이 발생했음을 직감했고 사람들을 보내 나를 찾고 있었다. 문 앞에서 안절부절못하고 나를 기다리던 보람이는 멀리 나의 형체가 보이자 한달음에 달려왔다. 보람이에게 자초지종을 설명하고 나니 나도 조금 안정되었다. 내가 그래서 빈손이라며 어깨를 으쓱하자, 보람이가 내게 한마디 했다.

"야, 김민우. 그래도 안 죽고 돌아왔네. 얼마 털렸냐?"

"1,000페소."

"1,000페소? 딸딸한 자식. 조심 좀 하지."

나는 그날 새벽까지 다른 친구들이 사 온 산미구엘을 얻어 마시며 무용담을 안주 삼아 무더운 여름밤을 시원하게 적셨다.

첫 여행지를 필리핀으로 정한 후부터 보라카이 해변을 걸을 날을 자주 상상했다. 색색의 산호초와 넋이 나갈 정도로 아름다운 일몰을 지닌 보라카이에 꼭 가 보고 싶었다. 막탄 공항에 도착해서 가장 먼저 한 다짐이 필리핀을 떠나기 전에 보라카이에 가는 것이었다. 어학원 생활을 하며 매일 항공편을 확인했다. 하지만 적당한 가격의 비행기표가 도통 뜨지 않았다. 필리핀에서 지낼 날도 얼마 남지 않았는데 이러다간 보라카이에 가지 못할 터였다.

비싼 돈을 주고서라도 갈까 하며 필리핀에서 사귄 친구들에게 고민을 털어놓았다. 그런데 이게 웬걸?! 나의 고민을 들은 한 친구가 생각지도 못한 방법으로 내 고민을 한 번에 해결해 주었다. 배를 타면 비행기를 타는 것보다 훨씬 저렴한 가격으로 보라카이에 갈 수 있다는 말이었다.

"지금 출발하자, 킴!"

잭과 글렌 형 모두 보람이를 통해 알게 된 필리핀 친구였다. 과

일을 팔던 잭도 컴퓨터 관련 일을 하던 글렌 형도 이번 여행에 함께하겠다 했다. 우리는 일사천리로 모든 준비를 마쳤다. 그렇게 작정하고 보라카이로 출발한 지 15시간이 지났을 무렵 우리는 일로일로에서 미니버스로 갈아탔다. 비좁은 버스에 끼어 앉아 5시간 동안 달려 까띠클란 항구에 도착했다. 거기서 작은 보트를 타고 1시간쯤 더 갔을까? 드디어 꿈에만 그리던 보라카이에 도착했다. 새벽 3시였다. 해가 뜨려면 더 기다려야 했다. 다들 허기지고 피곤했지만, 일출을 보겠다는 일념하에 우리는 잠도 자지 않고 기어이 꼬박 날을 샜다.

　기대와는 다르게 우리는 예쁜 일출을 볼 수 없었다. 날씨가 우리 편이 아니었다. 흐린 하늘에 뜬 태양을 바라보며 우리는 자리에서 일어났다. 기대만큼 아름다운 일출은 아니었지만, 친구들과 시답잖은 이야기를 주고받으며 일출을 기다린 시간이 오래도록 소중하게 남았다. 그 길로 숙소에 들어가 우리는 하루 반나절을 잠만 잤다. 나는 오후 느지막이 일어나 방 밖으로 나왔다. 꿈에 그리던 보라카이에서의 하루가 벌써 지나가고 있었다. 조금 허탈하기도 했다. 혼자 정처 없이 걷고 있는데 저 멀리 함께 배를 타고 온 글렌 형이 손짓하며 나를 불렀다. 우리는 함께 길을 걷기 시작했다. 이런저런 이야기를 하며 걷다 보니 숙소에서 꽤 멀리까지 와 있었다. 짧은 영어밖에 쓸 줄 모르는 나를 위해 글렌 형은 말의 속도며 발음 하나하나까지 신경 써 줬다.

　해변의 하늘이 예쁜 보랏빛으로 물들었다. 이 환상적인 일몰을 남자와 그것도 낯선 필리핀 남자와 둘이서 보는 것이 썩 마음에 내키진 않았지만, 그래도 누군가와 함께 백사장을 걸을 수 있음에 감사했다. 계속 걸었더니 배가 고프고 목이 말랐다. 우리는 눈앞에 보이는 식당 겸 펍에서 저녁 식사를 하기로 했다. 펍에 들어서 음식 냄새를 맡으니 더욱 허기졌다. 나는 자리에 앉아 가격표도 보지 않고 뷔페식 2인분을 시켰다. 식사를 마치고 계산하려는데 순간 글렌 형이 나를 막아섰다. 그러고는 내 몫까지 계산했다.

보라카이의 물가는 필리핀 현지인이 느끼기에는 많이 비쌀 텐데. 보라카이는 관광지라기보다는 외국인들이 많이 찾는 휴양지에 가까워 물가 차이가 더욱 컸다. 생각도 않고 뷔페식을 시켰던 게 후회도 되고, 글렌 형의 뜬금없는 행동에 난감하기도 했다. 그런 감정이 내 표정에 드러났는지 글렌 형이 활짝 웃으며 말했다.

"킴, 이런 건 형이 사는 거야. 넌 망고주스나 사."

백수여도 가진 돈이 그들보다 더 많으니 당연히 계산은 내 몫이라고 생각했는데 글렌 형의 말에 나는 한 방을 먹은 기분이었다. 예의 있게 행동한다고 했지만, 나도 모르게 그의 자존심에 상처를 낸 건 아닌지 조심스러워졌다. 형으로서 멋진 모습을 보여 준 그에게 미안함과 큰 고마움을 느꼈다.

숙소로 돌아가는 길에 주스 가게를 찾아 들어갔다. 주문하는데 글렌 형이 자기는 큰 걸 먹겠다며 사이즈 업을 했다. 그리고는 나에게 내가 밥 사 줬으니 이 정도는 괜찮지 하는 눈빛을 보냈다. 내 눈과 글렌 형의 눈이 마주쳤다. 뜨거운 햇살에 검게 탄 피부의 글렌 형은 환한 잇몸 웃음을 내게 선사했다. 장난기 많으면서도 듬직한, 진짜 형다운 글렌 형. 피부색도 다르고 인종도 다르고 머리색도 다르고 국적도 다르지만, 그런 것들은 단지 문서에 들어가는 글자 쪼가리일 뿐이었다. 글렌 형은 사람과 사람이 친구가 되는 데에 그런 작은 차이는 결코 장애물이 될 수 '없음'을 깨닫게 해 준 소중한 사람이었다.

굿바이 필리핀!

나는 보람이를 꼬드겨서 세부에서 마닐라를 경유해 캄보디아 시엠립 공항으로 가는 비행기에 함께 올랐다. 창문 밖으로 작아지는 필리핀 땅을 보았다. 이젠 옆자리에 앉은 외국 사람과 간단한 대화를 주고받을 수 있었다. 발리 어학원에서 만난 친구들의 얼굴이 하나둘 떠올랐다. 내가 자주 수업을 빼먹고 지각하며 불성실한 학원 생활을 했음에도 이정도로 영어 실력이 는 건 어학원에서 만난 다양한 나라의 친구들 덕분이었다. 중국에서 온 스무 살 슬란의 별명은 아이노아이노였다. 그녀는 무슨 말만 하면 흥분한 어투로 'i know i know i know'를 반복했다. 슬란은 정말 귀엽게 생긴 아이였는데 정상적인 사진을 절대 안 찍었다. 카메라를 켰다 하면 항상 엽기적인 표정을 지었다. 하는 행동도 좀 특이했다. 이 친구와 놀면서 영어가 좀 늘었다.

일본에서 온 쇼타는 스물두 살 대학생이었는데 영어를 꽤 잘했다. 영어 실력을 1단계부터 10단계까지 구분한다면 내 영어 실력은 1단계, 이 친구는 6단계 정도 됐다. 쇼타하고는 케이팝이나 일본 연예인, 여행이라는 주제로 대화를 많이 했다. 쇼타는 영어 기본기가 탄탄한 친구라 대화하면서 내가 문법적으로 심각한 오류를 범하면 지적해 달라고 부탁했었다. 물론 대부분 넘어가긴 했지만, 그때 쇼타가 교정해 줬던 게 나중에 큰 도움이 됐다.

러시아에서 온 스포코바도 빼놓을 수 없다. 이 친구는 엄마와 오빠와 함께 어학연수를 온 유형이었다. 스포코바의 오빠는 10살 스포코바는 6살이었다. 한번은 학원에서 장기자랑을 했는데 스포코바가 러시아 모스크바에 있는 볼쇼이쇼 극단의 배우처럼 아주 힘 있고 카리스마 있는 노래를 불렀다. 모두가 스포코바의 목소리에 매료되었다.

이 밖에도 친구들이 많았다. 영어 실력은 천차만별이었지만, 우리는 산미구엘로 친해졌다. 나는 말할 때 문법이나 단어를 크게 신경 쓰지 않았다. 그냥 영어로 대화했다. 거리에서 아이스크림을 파는 아저씨와 1시간씩 대화하고 지나가는 학생에게 K-pop 좋아하냐며 말을 붙여 2시간씩 수다를 떨었다. 새로운 친구를 사귀는 일에 재미를 붙이니 하루가 너무 짧게 느껴졌다. 불량학생이었지만, 선생님들과 친구들에게 영어 실력이 많이 는 것 같다는 칭찬도 꽤 들었다. 난 정말 열심히 놀았다. 다만, 영어로 놀았을 뿐이다. 그리고 엉터리 영어 실력을 얻었다.

필리핀에 머물며 홍콩과 마카오에도 다녀왔다. 항공료가 왕복 6만 원이었기 때문에 안 갈 이유가 없었다. 배를 타고 보라카이에도 가 보고, 살아 있는 고래상어와 함께 수영도 했다. 수심 30미터까지 자유롭게 들어갈 수 있는 스쿠버다이빙 자격증도 땄다. 지구의 80%는 물로 이루어져 있다고 하지 않나? 제대로 지구를 즐기기 위해선 물에 들어갈 수 있어야 한다고 생각했다. 어쩌면 각국의 친구들과 엉터리 영어 실력, 그리고 스쿠버다이빙 자격증이 드넓은 지구를 여행하는 데 꼭 필요한 세 가지 항목 아닐까? 정들었던 필리핀을 떠나 캄보디아로 향하는 비행기 안에서 12주간의 필리핀 생활을 되돌아보았다. 익숙해진 얼굴들과 거리의 풍경이 스쳐 지나갔다. 아쉬움 반, 설렘 반으로 싱숭생숭했다.

이제는 어디서 잘지, 누구를 만나고 어떤 음식을 먹을지 모두 내 선택이다. 불확실한 미래에도 두려움보다는 설레는 감정이 더 컸다. 그래, 이제 진짜 여행이 시작되는 거다.

PART 3   필리핀 → 캄보디아 → 태국 → 라오스 →

　　　　　베트남 → 인도네시아 → 말레이시아

비행기 안에서 에어컨 바람을 오래 쐰 탓에 후덥지근한 캄보디아의 열기가 생경했다. 나는 천근만근으로 숙소 침대에 늘어져 있었다. 와글와글한 사람들의 대화 소리와 흥겨운 음악 소리가 창문 너머에서 들려왔다. 캄보디아 시엠립의 화려한 저녁이 시작된 것이다. 귀에 익은 흥겨운 음악 소리가 내 달팽이관을 자극하기 시작했다.

'두둥 두둥 둔둔 둔둔 두두두둔둔둔둔'

음악 소리에 맞춰 심장이 요동쳤다. 침대에 누워 고개를 까딱거리며 리듬을 탔다. 숙소에만 있으려니 시간이 아까웠다. 나는 몸이 시키는 대로 침대에서 빠져나왔다. 그리곤 반팔티와 반바지 중에 가장 잘빠진 놈들을 골라 입었다. 머리에 고프로를 쓰고 나가다가 거울을 봤는데 영 행색이 별로였다. 맨머리에 고프로 헤드 스트랩을 차니 꺼벙이 같아 보였다. '캄보디아에서 망신을 당할 순 없지' 하며 가장 아끼는 검은색 모자를 꺼내 썼다. 그 위에 고프로 헤드 스트랩을 쓰고 거울을 보니 이제야 좀 폼이 났다.

나는 매무새를 다듬으며 곯아떨어져 있는 보람이를 바라봤다. '저렇게 허약해서야.' 나는 혀를 끌끌 차고는 밖으로 나왔다. 펍 스트릿에 가까워질수록 천근만근이던 몸이 깃털처럼 가벼워졌다. 흥이 넘치는 친구들이 먼저 다가와 하이파이브를 권했다. 그렇게 10분쯤 걸었을까. 한 서양 남자가 다가와 말을 걸었다. 내 머리 위에 빨간 점등이 켜졌다 꺼졌다 하는 게 신기한 모양이었다.

"오! 고프로 멋진데."
"맞아, 이거 고프로야. 넌 어디서 왔냐?"
"난 영국에서 왔지! 벌써 맥주를 다섯 병이나 마셨지 뭐야."

그는 한 손을 펼쳐 보였다. 영국에서 왔다는 그는 이미 거나하게 취해 있었다. 우리는 몇 마디 더 주고받고는 쿨하게 인사를 하고 헤어졌다. 나는 음악이 들려오는 쪽으로 계속 걸었다. 건물들을 지나 모퉁이를 도니 번쩍이는 네온 간판이 내 눈앞에 모습을 드러냈다. 그 이름하여 'PUB STREET'. 이곳이 바로 새벽까지 음악이 끊기지 않는, 아이들부터 어른들까지 온 거리가 댄스 무도회장이 되는 그곳, 펍 스트릿이었다. 토요일 밤거리는 이미 사람들로 가득했다. 맥주병 하나 들고 살짝살짝 몸을 들썩이는 사람부터 머리를 위아래로 뒤흔들며 처음 보는 사람에게 다가가 어깨동무를 하는 사람까지, 흑인, 동양인, 백인 다양한 사람들이 웃고 떠들며 파티를 즐기고 있었다.

나는 노상 펍에 앉아 맥주 한 잔을 들이켰다. 모두가 춤을 추는 걸 보자니 내 몸도 절로 움직여졌다. 나는 들려오는 음악 리듬에 맞춰 몸을 흔들기 시작했다. 학창 시절 배운 춤을 떠올리며 가볍게 무릎을 위아래로 튕겼다. 그러고는 고프로를 켜 감독이자 주연 배우라도 된 양 영상을 찍어 댔다. 내 머리 위에서 빨간 불빛이 깜빡이자 금세 주변에 사람들이 모여들었다. 이 신나는 여행의 순간을 기록해야 한다는 남다른 사명

감이 들었다.

두리번거리며 걷다 보니 거리 한쪽에 50명가량의 사람이 둥글게 모여 있는 게 보였다. 나는 곧바로 그쪽으로 달려갔다. 목을 내밀어 무슨 일인가 살펴보니 말로만 듣던 댄스 배틀 현장이었다. 나는 사람들을 비집고 들어갔다. 무대 바로 앞에 서니 열기는 더욱 뜨거웠다. 눈앞을 지나가는 댄서의 땀 내음까지 후끈 느껴졌다. 유럽인으로 보이는 남자가 비보잉을 선보였다. 춤은 기대 이상으로 수준급이었다. 여기가 캄보디아인지 아니면 미국의 할렘가인지 순간 착각이 들 정도였다. 남자가 춤을 마치고 현지인처럼 보이는 작은 체구의 여자아이를 향해 손가락을 까딱였다. 나오라는 신호였다. 길 한복판에 있던 여자아이는 스테이지로 성큼성큼 걸어 나왔다.

'액세서리를 팔던 꼬마가 무엇을 보여 줄 수 있을까?' 하는 생각이 끝나기도 전에 꼬마의 춤이 시작됐다. 순간 관중이 술렁였다. 꼬마는 두 팔을 마구 흔들며 힙합댄스의 한 장르인 락킹을 선보였다. 모두들 꼬마가 그 또래의 아이라면 누구나 할 수 있는 율동이나 좀 하다가 나가리라 예상했기에 놀란 것이었다. 꼬마는 전혀 떨고 있지 않았다. 관중은 꼬마의 파격적인 퍼포먼스와 강렬한 눈빛에 매료되었다. 분명 화려하게 춤을 춘 건 앞서 무대에 올랐던 유럽 남자였지만, 관중을 압도하는 실력을 뽐낸 현지 꼬마의 승리를 의심하는 사람은 아무도 없었다. 꼬마가 멋진 자세로 춤을 끝맺자, 모두가 꼬마를 향해 환호성과 박수갈채를 보냈다. 심지어 댄스를 겨뤘던 유럽 남자도 꼬마를 향해 엄지손가락을 치켜세웠다. 꼭 영화 속에 들어와 있는 것만 같았다.

그렇게 한껏 멋들어지게 춤을 춘 꼬마는 갑자기 옷소매에서 무엇인가를 주섬주섬 꺼냈다. 옷 안 깊숙이 들어가 있던 수십 개의 팔찌였다. 꼬마는 주위 사람들에게 팔찌를 팔기 시작했다. 평소 같으면 무심하게 지나쳤겠지만, 이번엔 달랐다. 사람들이 너나 할 것 없이 지갑을 열고 꼬마에게 달려들었다. 나는 순간 정신이 번쩍 들었다.

'꼬마의 춤에 생계가 달려 있었을 줄이야.'

관중들은 이미 흩어지고 없었다. 무엇이 달려 있었든 꼬마의 춤은 최고였다. 펍 스트릿에는 잘나고 못난 게 없었다. 내가 우스꽝스럽게 몸을 흔들어도 어느 인종차별적인 시선도 느껴지지 않았다. 모두가 캄보디아 펍 스트릿만의 화려하고 달뜬 분위기를 즐기고 웃으며 함께 춤을 추었다.

한참 춤을 추고 있는데, 큰 스피커에서 모두에게 익숙한 노래가 흘러나왔다. 지나가던 사람들도 멈춰 서더니 춤을 추기 시작했다. 그러자 가까운 노상 펍에 앉아 있던 커플도 거리로 나왔다. 나도 그쪽으로 향했다. 길거리의 사람들이 하나둘, 마치 한 달 전부터 연습한 공연단처럼 일사불란하게 한곳으로 모여들었다. 그러고는 다 함께 들려오는 노래에 맞춰 춤을 추었다.

한 소절이 끝날 때마다 모두가 동시에 점프를 하고 반대편에서 다시 춤을 추며 100인조 대형 혼성그룹처럼 절도 있게 움직였다. 노래가 끝나자 우리는 다 함께 환호성을 지르며 주위 사람들과 하이파이브 혹은 하이텐을 치며 우리의 첫 데뷔(?)를 축하했다.

노래가 끝나 한숨 돌리고 있는데 새하얀 피부의 여자가 내 앞에 멈춰 섰다. 여자는 나와 눈을 마주치고 가벼운 미소를 짓더니 갑자기 내 팔을 잡아당겼다. 그리고는 내 반팔티의 오른쪽 어깨 부분을 끝까지 밀어 올렸다. 매직펜의 잉크 냄새가 훅 끼쳤다. 순간 나는 움찔했지만, 그녀는 아랑곳하지 않고 나의 오른팔에 큼직하게 글씨를 써 나갔다. 거부

감이 들기보다는 그냥 신기했다. '여행 다니다 보니 별의별 사람을 다 보네. 이 친구도 술을 거하게 마셨나 보다' 하고 생각하며 그녀에게 물었다.

"뭐라고 적은 거야?"

내 물음에 그녀는 말없이 웃으며 한쪽 손을 흔들더니 돌아서 가버렸다. 나는 접혀 올라간 옷을 내릴 생각도 않고 멍하니 서 있다 숙소로 돌아갔다.

다음 날 알게 된 사실이었지만, 그녀가 내 오른팔에 적고 간 문장은 'Live a life you will remember', 바로 '후에 추억할 만한 인생을 살아'라는 말이었다. 휘갈겨 쓰인 철자를 알아보지 못해, 여러 친구에게 사진을 찍어 보내 주고 그 뜻을 물은 다음에야 정확한 문장을 알 수 있었다. 나는 문장의 뜻을 알고는 온몸에 소름이 돋았다. '후에 추억할 만한 인생을 살아.' 그 말이 가슴에 내리꽂혔다. 세계 일주는 내 인생에 두 번 다시 돌아오지 않을 소중한 날들을 기억하고자 떠난 여정이었다. 마음가짐이 달라졌다. '단순히 놀고 즐기는 여행이 아니라 10년, 20년 아니 50년이 지나도 의미 있는, 그런 추억을 만드는 여행을 해야겠다.' 나는 생각했다.

그 일은 나의 세계 여행에 새로운 필터가 되었다.

방콕에서 만난 택시 아저씨

3개월간 동고동락한 보람이는 캄보디아를 끝으로 다시 세부로 돌아갔다. 헤어지던 날 보람이가 내게 말했다. "야 김민우 죽지 말고 돌아와라." 난 시답잖다는 듯 미소를 지으며 보람이에게 말했다. "야 세부가 더 위험해 죽지 말고 살아 있어라." 그렇게 우리는 각자의 길을 떠났다.

여행을 다닌다고 늘 자유롭고 행복한 건 아니다. 그날은 향수병이 도졌는지 아무것도 하고 싶지 않았다. 그렇게 3시간쯤 숙소에만 있으려니 숨이 턱턱 막혔다. 자동차를 타고 달리며 시원한 바람을 맞고 싶었다. 나는 무작정 지갑만 챙겨 들고나왔다. 허리끈 졸라매며 사는 여행자이지만, 우울한 마음을 달랠 길이 없었다. 나는 지나가는 택시를 향해 손을 흔들었다. 택시 기사님은 밝은 표정으로 나를 맞아 주셨다. 택시 기사님께 한적한 곳으로 가 달라고 말했다. 기사님은 내 마음을 모두 이해했다는 듯 고개를 끄덕였다.

차 안에 정적이 흘렀다. 5분쯤 지났을까? 나는 택시 기사님께 지나가는 말로 물었다.

"다시 태어날 수 있다면 기사님은 어느 나라에서 태어나고 싶으세요?"

평생 살 국가를 선택할 수 있으면 어디서 태어나고 싶냐는 뜻이었다. 택시 기사님이 선뜻 대답하셨다.

"태국이요!"

이유를 물으니 사랑하는 가족들이 있어서란다. 나는 그런 이유 말고 정말로 살고 싶은 나라가 어디냐고 다시 한번 물었다. 기사님의 대답은 똑같았다. 그리곤 기사님은 덧붙였다.

"난 태국인인 게 자랑스러워요."
"그렇지만, 더 좋은 나라도 많잖아요."

내 말을 들은 기사님은 한동안 운전에 집중하셨다. 그리곤 한참 뒤 내게 정중하게 반문했다.

"행복은 자기 마음먹기에 달린 게 아닌가요?"

내가 아무 말도 하지 못하자, 기사님은 뒤이어 말씀하셨다. 20바트짜리 작은 꼬치 하나 먹어도 내가 좋으면 행복한 거고 9000바트짜리 랍스터를 먹어도 내가 좋지 않으면 불행한 거 아니냐며 행복은 상황이 정하는 게 아니라 자신의 생각과 마음이 결정하는 거라고. 자신은 낡은 택시를 끄는 한낱 아저씨에 불과하지만, 자신이 태어나고 자신의 자녀가 자라고 있는 태국이 자랑스럽다고. 기사님은 아내와 자녀들이 하루하루 큰 근심 걱정 없이 살 수 있어서 본인은 항상 행복하다며 다시 한번 웃음을 지어 보이셨다.

한낱 경구로나 생각하던 '행복은 돈으로 살 수 없다'라는 말을 실감했다. 어릴 적 꿈을 이루기 위해 세계 일주를 하는 중이라는 나에게 자신도 도움이 되고 싶다며 택시비 100바트를 덜 받으셨던 기사님. 괜찮다며 돈을 드리려는데도 한사코 거절하시던 기사님. 내게 꿈을 이루어가는 모습이 멋지다고 말씀하셨던 방콕의 택시 기사님. 그날 그 만남으로 인해 내 마음속엔 영원히 태국은 행복한 나라로 남을 것이다.

라오스, 나를 애인처럼(?) 생각해 준 친구

방콕 여행을 마치고 라오스 비엔티엔에 가기 위해 우돈타니로 향하는 비행기에 올랐다. 숙소 예약도 없이 출발한 탓에 비행기에서 정보라도 얻어 보려 태국 사람으로 보이는 여성에게 말을 걸었다. 우돈타니에서 비엔티엔으로 가는 길을 아느냐는 물음에 여성은 모른다며 시큰둥하게 답했다. 나는 자리로 돌아와 앞으로 어찌해야 할지 궁리하기 시작했다. 그때 마침 동양인 남자가 내게 다가왔다. 그는 자신을 중국인이라 소개하며 얼마 전에 우돈타니에서 버스를 타고 비엔티엔에 다녀왔다고 말했다. 아마도 내가 다른 이에게 물어본 내용을 들은 듯했다.

나는 반가운 마음에 얼른 손을 내밀며 악수를 청했다. 우리는 통성명을 하고 금세 친해졌다. 쫑요우는 우돈타니에서 비엔티엔으로 가는 방법과 각 지역의 유명 음식점까지 친절하게 소개해 주었다. 우리는 1시간이 넘도록 대화를 나눴다. 쫑요우는 그러지 말고 자신도 우돈타니에서 하루 자야 하니 숙박비도 아낄 겸 함께 숙소를 잡자고 했다. 나는 고민 없이 좋다고 대답했다.

비행기에서 내려 그동안의 여행 이야기를 나누며 함께 숙소에 도착했는데, 아뿔싸! 그제야 내가 비행기에 신발을 두고 내렸음을 알게 된 것이었다. 트레킹 겸용이라 값도 꽤 치른 신발이었다. 내가 공항에 돌아가 신발을 찾아오겠다 하니 쯍요우는 자신이 태국어도 할 줄 알고 이곳 지리도 더 잘 아니 함께 가주겠다 했다. 늦은 시간이라 피곤했을 텐데 싫은 내색도 없이 웃으며 손을 내밀어 주는 쯍요우에게 고마웠다.

공항에 도착한 쯍요우는 나보다 더 열심이었다. 사방팔방으로 뛰어다니며 내 신발을 찾았지만, 이미 에어아시아 직원들은 모두 퇴근한 후였다. 공항 직원은 내일 아침에 다시 오라며 우리를 돌려보냈다. 쯍요우는 자신의 신발을 잃은 양 속상해했다. 되려 내가 괜찮다며 쯍요우를 달랬다. 쯍요우는 숙소 옆에 맛있는 국숫집이 있다며 나를 안내했다. 국숫값은 내가 내야 한다고 거듭 강조했는데도 쯍요우는 단호했다. 국수에 더해 맥주까지 계산한 쯍요우는 살아온 얘기나 하자며 손짓했다. 즐거운 시간을 보내고 숙소에 돌아와 쯍요우 모르게 먼저 숙박비를 계산하러 가니 그것도 이미 처리된 후였다. 슬슬 불안해지기 시작했다. 같이 공항에 가 주고 밥을 사 주고 술을 사 준 것까진 이해하겠는데… 난생처음, 그것도 비행기 안에서 처음 만난 남자에게 저녁식사에 숙박까지 제공받으니 기분이 이상했다. 그렇게 방으로 돌아와 서 있는데 갑자기 쯍요우가 말했다.

"킴, 우리 이제 자야지. 나 먼저 씻을까? 아니면 너 먼저 씻을래? 뭐, 남자끼린데 어때, 우리 같이 씻을까?"

등 뒤로 식은땀이 흘렀다. 문득 국수를 먹으며 쯍요우가 내게 했던 말이 귓가를 스쳤다.

"킴, 햇빛에 그을린 피부가 멋있어. 너 인기 많을 거 같아. 킴, 너 팔뚝 좀 보여 줄래? 와, 운동 좀 했구나 만져 봐도 돼?"

좀 전까진 아무렇지 않았는데, 다시 생각해 보니 소름이 돋았다. 무서운 생각이 들기 시작했다. 나는 서둘러 쯍요우에게 이메일 보낼 데가 있으니 먼저 씻으라고 대답했다. 물론 핑계였다. 그렇게 쯍요우가 먼저 씻고 10분쯤 지난 뒤 난 수건을 들고 화장실로 들어가 문을 '콱!' 잠갔다. 그리고 몇 번이나 제대로 잠겼는지 확인한 뒤 씻기 시작했다. 화장실 밖에서 휘파람 소리가 들렸다. 나는 심장이 바짝바짝 타들어 가는 기분이었다.

'아… 그냥 화장실 창문 너머로 도망갈까? 갑자기 한국에 큰일이 생겼다며 짐을 챙기고 나가 버릴까? 아니야. 덩치도 나보다 작은데 뭘. 무슨 짓 하려고 하면 내가 제압하면 돼.'

오만가지 생각이 다 들었다. 나는 욕실에서 나오자마자 곧장 피곤하다며 침대에 누웠다. 하필 침대도 더블 침대 한 개뿐이었다. 잔뜩 긴장한 채 누워서 쯍요우의 동태를 살피다 나도 모르게 잠이 들었다. 잠이 깨 시계를 보니 아침 8시였다. 평소엔 속옷만 입고 자지만, 그날은 긴팔티에 긴바지를 입고 잤다. 다행히 아무 일도 없이 밝은 아침을 맞이했다. 쯍요우는 아무렇지도 않게 옆에서 잠을 자고 있었다. 내가 괜한 오해를 했던 걸까? 그 친구에게 정말 미안한 마음이 들었다. 이른 일정 때문에 나는 잠자고 있는 쯍요우 옆에 쪽지를 남기고 짐을 챙겨 숙소에서 나왔다.

'쯍요우! 낯선 여행자인 내게 친절을 베풀어 줘서 고마워. 너와 함께한 1박 2일 결코 잊을 수 없을 거야. 언젠가 지구 어딘가에서 우리 다시 만나자. 아! 그때는 우리 서로 사랑하는 사람과 함께 있길 바라. 그때까지 건강해야 해!^^'

라오스, 나를 애인처럼(?) 생각해 준 친구

배낭여행에 관한 생각

배낭여행은 좋지 않은 패를 쥐고 카드 게임을 시작하는 것과 같다.
완벽한 상황에서 배낭여행을 시작하는 사람은 드물기 때문이다.

돌연 예기치 못한 일이 일어날지라도,
상황을 받아들이고 나면 최악은 아니라고 생각되기 마련이다.

현실을 받아들이고 자신의 패를 잘 들여다보자.
그러면 카드 하나하나가 이야기를 담고 있음을 알게 된다.
이야기를 풀어나가며 '인생'을 배운다.

배낭여행에 헛수는 없다.

세계 여행 중에 한국 사람을 만나면 그렇게 반가울 수가 없다. 보람이와 캄보디아에서 헤어진 후 제대로 한국 사람을 만나본 적이 없었다. 항상 혼자이거나 외국인과 함께였다. 항상 영어로 대화하다 보니 영어 실력이 늘었다. 발전한 영어 실력이 기쁘긴 하면서도 한국 사람이 그리웠다. 형을 만난 건 발리에서였다. 다른 건 제쳐두더라도 서핑만은 발리에서 빼놓을 수 없다. 나는 서핑을 하기 위해 미팅 포인트로 갔다. 수많은 외국인 사이에 누가 봐도 한국인으로 보이는 남성이 있었다. 우리는 자연스럽게 친해졌다. 서로 얼마나 반가웠던지 만난 지 1시간도 안 된 우리는 이미 호형호제하고 있었다. 가파른 파도를 뚫고 몸을 움직이는 서핑을 함께해서인지 더욱 즐거웠다. 2~30명의 외국인 중 한국인은 우리 둘뿐이었다. 우리는 그렇게 서로에게 녹아들고 있었다.

서핑을 마치고 저녁을 산다는 형의 제안으로 함께 식당으로 향했다. 멀지 않은 곳에 제법 괜찮아 보이는 식당이 있었다. 발리 로컬로 보이는 펍에는 커다란 햄버거 모양의 간판이 달려 있었다. 음식을 먹고 있는 손님들을 살펴보니 발리 음식들과 외국인 여행자들을 위한 피자나 햄버거 프렌치프라이와 같은 메뉴들이 가득했다. 마주 앉은 우리는 자연스럽게 여행 이야기를 나눴다. 형은 한국에서 모두가 선망하는 대기업의 회사원으로 직장에 휴가를 내고 발리에 머무는 중이었다. 나의 이야기를 들은 형은 자신도 여행을 좋아하지만, 그렇게 다 내려놓고 떠날 용기는 누구에게나 있는 게 아니라 말했다. 연거푸 나의 도전에 감탄하던 형은 식사 끝 무렵, 조심스럽게 자신이 좋은 호텔에서 지내고 있는데 숙소가 변변찮으면 발리에 머무는 동안 그곳에서 함께 지내는 게 어떠냐고 권했다.

물론, 전혀 부담스럽지 않았다면 거짓말이다. 우리는 고작 7시간 전에 처음 만나 밥 한 끼 함께한 사이였으니 말이다. 머릿속에 내 숙소의 모습이 떠올랐다. 네 명의 여행객이 작은 방 하나를 쓰고 있는 도미토리…. 사실 내 물건 중 훔쳐 갈 만한 건 없었지만, 그래도 불안한 마음이 쉽게 가시지 않아 밖으로 나올 땐 늘 자물쇠를 걸고 나왔다. 당연하게만 느꼈던 생활이었는데 이 시점에서 떠오르니 번거롭기 짝이 없었다. 내가 이 형을 만난 건 여행의 쉼표를 찍고 가라는 익명의 사업가가 보내준 선물 같다는 생각이 들었다. 더군다나 나에게는 이 구미 당기는 제안을 거절할 이유가 없었다. 식사를 마치고 나는 곧장 짐을 챙겨 형이 알려 준 주소로 향했다. 호텔 앞에 선 나는 눈이 휘둥그레졌다. 으리으리한 5성급 호텔이었다. 한밤인데도 호텔 주변은 낮처럼 환했다. 아니, 발리의 낮보다 더 화려해 보였다. 이 정도 되는 호텔이면 형도 거금을 들여 예약했을 게 분명했다. 한국에서 알던 사이도 아니고 낯선 땅에서 처음 만난 사이인데 이런 큰 도움을 받아도 되는 걸까 하는 생각이 들었다. 먼저 손을 내밀어 준 형에게 너무나 고마우면서도 미안한 기분이었다.

여러 복합된 감정에 갈등하고 있던 찰나 방문이 열렸다. 대리석 바닥에 흰 침대, 텔레비전과 큰 창문이 눈에 들어왔다. 이미 내 마음속엔 망설임이라곤 온데간데없었다. 나는 성큼성큼 방 안으로 들어갔다. 숙소에 머무는 이틀 동안 형은 늘 나를 배려했다. 내가 푹 쉴 수 있도록 극진

한 대접을 해 줬다. 우리는 꼭 필요한 대화만 나눴다. 형은 마치 온라인 게임 속의 황금열쇠 같았다. 낮에는 쉬면서 체력을 보충하고 어둑어둑한 밤이 되면 우리는 산책도 할 겸 함께 해변으로 향했다. 신나는 음악이 나오는 펍에서 바다를 바라보며 마셨던 맥주가 지금도 가끔 그립다. 발리에서 보낸 그 재충전의 시간이 세계 여행을 끝까지 해내는 데 큰 힘이 되었더라고 형에게 꼭 이야기해 주고 싶다.

순조롭지 않아도 프로젝트는 진행 중

목이 뻐근했다. 배낭여행을 하다 보면 비용 때문이든 경로 때문이든 협소한 숙소에서 지낼 일이 많다. 처음엔 뒤척이다 밤을 새우기도 했지만, 이젠 잠드는 것 정도는 일도 아니었다. 하지만 불편한 자리 탓인지 잠과는 별개로 아침에 일어나면 몸 여기저기가 쑤셨다. 나는 가벼운 스트레칭을 하고 나갈 준비를 했다. 여행을 떠나기 전, 네팔 지진 뉴스를 보고 막연히 '립마크' 프로젝트를 기획했다. '립마크' 촬영은 세계를 여행하며 이루고 싶은 여러 버킷 중 하나였다.

세계 일주를 하면 자연스럽게 다양한 나라와 인종의 사람들을 만날 수 있다. 그렇게 다양한 국가와 다양한 피부색의 사람들을 한 영상에 담으면 분명 의미 있는 영상을 찍을 수 있으리라 생각했다. 가령 누군가 응원하는 영상이 있는데 한 나라에 한 언어로만 응원하는 영상보다 다양한 언어와 인종의 사람들이 응원한다면 더욱 힘이 나고 감동적이지 않을까 생각했다.

이때까지는 네팔을 위한 영상이라기보다는 휴머니즘적인 영상을 찍고 싶었던 것 같다. 나는 리스트를 지우기 위해 여행 틈틈이 영상

비디오 촬영 일정을 끼워 넣었다. 네팔로 떠나기 전날, 말레이시아의 '립마크' 프로젝트를 촬영할 참이었다.

카메라를 챙겨 말레이시아의 랜드마크 페트로나스 트윈 타워로 향했다. 지역의 대표 관광지에는 친절한 현지 상인들이 많았고 그들과는 쉽게 말을 틀 수 있었다. 숙소에서 버스를 타고 20여 분 달려 목적지에 도착했다. 버스에서 내리니 후덥지근한 공기가 나를 휘감았다. 금세 이마에 땀이 송골송골 맺혔다. 나는 걸음을 서둘러 페트로나스 트윈 타워로 들어갔다.

한국의 백화점만큼은 아니었지만, 바깥보다는 훨씬 나았다. 크게 숨을 들이마시니 시원한 바람이 폐 깊숙이 들어왔다. 나는 주변을 둘러봤다. 마침 트윈 타워 직원들이 눈에 들어왔다. 나는 곧장 그쪽으로 가서 '립마크 프로젝트'에 관해 설명하고 도움을 청했다. 페트로나스 트윈 타워의 직원들은 흔쾌히 웃으며 촬영을 도와주었다. 아무리 관광지라 해도 한두 번은 거절당하기 마련인데 수월하게 촬영을 마치고 응원까지 받으니 힘이 났다. 시간이 남아 나는 근처 학교로 향했다.

세기 컬리지 대학의 반응은 시원찮았다. 행정실 직원은 취지는 좋은데 학교 측에서 촬영을 도울 상황이 아니라며 인근의 고등학교로 갈 것을 권했다. 행정실에서 나오니 밖엔 비가 내리고 있었다. 다행히 행정실 직원분이 나를 알아보시고 우산을 구해다 주셨다. 세기 컬리지 대학에서 알려준 고등학교는 걸어서 10분 거리에 있는 컨피션 스쿨이었다. 학교 입구에 다다르니 경비 아저씨가 방문 목적을 물으며 내 앞을 막아섰다. 나는 '립마크' 프로젝트에 관해 설명하고 경비 아저씨의 안내를 받아 교무실에 갈 수 있었다. 담당 선생님을 만나 세기 컬리지 대학의 소개로 왔다고 말씀드리고 프로젝트에 관해 이야기했다. 인근 대학의 추천을 받고 왔으니 기꺼이 도와주리라 생각했는데, 나의 예상과 달리 컨

순조롭지 않아도 프로젝트는 진행 중

피션 스쿨은 말레이시아 국립학교인 탓에 교내 비디오 촬영이 일제 불가했다.

학교를 등지고 나오는 마음이 무거웠다. 말레이시아에 머물 날도 얼마 남지 않았고 이후 일정 중 프로젝트에 할애할 시간도 부족했다. 숙소로 돌아가려는데 MBS라는 고등학교 간판이 보였다. 나는 마지막으로 저기까지만 가 보자는 심정으로 발길을 돌렸다. 아무래도 교육기관에서 촬영하기는 무리이리라 생각하며 반쯤 포기한 상태로 교무실을 찾았다. 그런데 뜻밖의 반응이 나를 맞았다. 모두 '립마크' 프로젝트에 대해 긍정적인 이야기를 해 주었고 적극적으로 돕겠다 나섰다. 선생님 한 분과 나는 방과 후 수업 중인 학급으로 향했다. 문틈으로 열댓 명의 학생들이 보였다.

나는 선생님께 먼저 양해를 구하고 교실에서 촬영을 해도 되는지 물었다. 선생님은 흔쾌히 고개를 끄덕이시고는 아이들에게 내 프로젝트의 취지에 관해 설명했다. 아이들도 모두 밝은 표정으로 함께하겠다 대답해 주었다. 화기애애한 분위기 속에서 동영상을 찍고 립마크를 받았다. 연거푸 고맙다는 인사를 하고 나서려는데 학급 담당 선생님께서 나를 멈춰 세우고는 아이들을 향해 말씀하시기 시작했다.

"난 킴의 도전정신 그리고 마음이 정말 멋지다고 생각한다. 남이 닦아 놓은 길로만 갈 것이 아니라, 너희들도 킴처럼 도전하고 도움이 필요한 이웃들에게 '도움'을 줄 수 있는 사람으로 자라길 바란다."

선생님의 말이 끝나자 아이들은 그렇게 하겠다며 힘찬 목소리로 고개를 끄덕였다. 기분이 이상했다. 대단한 일을 한 것도 아닌데, 타국 땅에서 이런 칭찬을 들으니 기분이 좋으면서도 한편으로는 어깨가 무거워졌다. 뒤이어 교장 선생님께서도 다가와 쉽지 않은 도전을 한 내가 자랑스럽다며 격려해 주셨다. 학교를 나서려는데 건물 경비원으로 보이는 한 남자가 나를 유심히 바라보았다. 경계 가득한 눈빛이었다. 나는 그에게 다가가 학교에서 한 일을 간략히 설명했다. 그런데 놀랍게도 그는 네팔 사람이었다. 경비원은 내 프로젝트 얘기를 듣더니 금세 화색이 되었다. 두 학교에서 거절당하긴 했지만, 결국 감사함으로 하루를 마무리할 수 있었다. 모쪼록 프로젝트는 진행 중이었다.

순조롭지 않아도 프로젝트는 진행 중

PART 4　말레이시아 → 네팔

눈물을 보이던 네팔 선생님

    말레이시아 쿠알라룸푸르에서 네팔 카트만두로 향하는 에어아시아 비행기에 올랐다. 창문 밖으로 이글거리는 콘크리트 바닥이 눈에 들어왔다. 보기만 해도 숨이 막히는 더위였다. 비행기는 예상보다 큰 보잉기였다. 탑승객의 절반 이상이 네팔 사람으로 보였다. 2015년 4월 네팔 지진 이후 더욱 많은 네팔 사람들이 돈을 벌기 위해 말레이시아로 떠나 왔다. 한국도 그렇듯 외국인 노동자는 일정 기간이 지나면 자신의 나라로 돌아가거나, 필요한 절차를 밟아 비자를 연장해야 했다. 비행기에 탄 네팔인들 중 대다수는 타국 생활을 마치고 고향으로 돌아가는 것이리라. 나는 자리를 찾아가며 주변을 살폈다. 탑승객들의 얼굴에는 복잡다단한 감정들이 어른거렸다. 나는 그들이 '립마크' 프로젝트를 좋게 생각해 줄지 걱정되었다. 그들에게 나는 그저 오지랖 넓은 이방인일 뿐일지도 몰랐다.

    나는 많은 생각을 하지 않기로 했다. 남이 어떻게 생각하든 네팔을 향한 나의 걱정과 근심은 진심이었기 때문이다. 내 자리는 16c였고 내 오른쪽 두 자리에는 네팔인으로 보이는 남성 두 명이 타고 있었다. 난 여느 때처럼 자연스럽게 그들에게 말을 걸었다.

"안녕하세요? 어느 나라에서 오셨어요?"

"아, 우리는 네팔 사람이에요. 당신은요?"

"반가워요. 저는 한국에서 왔어요."

우리는 쉽게 친해졌다. 비행기가 이륙하고 대화가 무르익었을 무렵, 나는 그들에게 '립마크' 프로젝트를 찍는 일을 도와줄 수 있겠느냐고 물었다. 그들은 '립마크' 프로젝트에 관한 설명을 듣더니 좋다고 했다. 그들은 이 비디오가 지진으로 고통을 받고 있는 네팔 사람들에게 분명 도움이 될 것이라고 말했다. 나는 가지고 있던 미러리스 카메라를 오른쪽에 있던 므후맛에게 건네주며 내가 앞에 나가서 입을 열면 촬영을 시작해 달라고 부탁했다. 므후맛은 나의 말을 이해하고는 흔쾌히 고개를 끄덕였다.

자리에서 일어나 비행기 안을 둘러봤다. 탑승객들은 각자 할 일을 하고 있었다. 나는 '립마크' 영상에 들어갈 장면을 찍기 위해 항공사 직원을 찾았다. 촬영을 하려면 승무원의 허락이 필요했기 때문이었다. 지난번 말레이시아행 비행기에서 단칼에 거절당했던 것이 떠올랐다. 몇 번의 거절을 당했는지… 기억도 안 났다. 이번엔 꼭 성공하고 싶었다. 승무원이 있는 곳에 가까워질수록 손에 땀이 차고 심박수가 빨라졌다. 나는 조심스럽게 커튼을 젖히고는 요동치는 심장을 부여잡고 안 되는 영어를 더듬어 가며 남자 직원에게 말하기 시작했다.

"실례합니다. 혹시 뭐 좀 여쭤봐도 될까요?"

"네, 그럼요."

"혹시 4월에 네팔에 대지진이 일어났던 거, 기억하고 계시나요?"

"네, 기억하죠!"

"저는 네팔 사람들을 위한 비디오를 촬영하고 있어요. 네팔 사람들의 상처를 위로하고 지구촌 사람들이 모두 하나라는 의미를 담은 비디오지요. 이 비디오에 들어갈 하이라이트 장면을 지금 비행기 안에서 찍고 싶은데 가능할까요?"

"저도 네팔 사람이에요. 네팔은 이번 지진으로 정말 큰 상처를 입었어요. 제가 도울 게 있을까요? 아! 통역을 해드릴게요. 한번 잘 해봐요!"

기대 이상으로 좋은 반응이었다. 나는 감사의 인사를 건네고 그와 함께 짧은 연설을 연습했다. 연습하는 모습을 본 일본인 승무원 에리카와 말레이시아 승무원 로띠아도 나의 계획을 응원해 주었다. 주어진 시간이 많지 않았기에 나는 서둘러 커튼을 걷고 나왔다. 그리고는 승객들이 가득 앉은 쪽을 바라보고 섰다. 승무원에게 처음 말을 걸었을 때보다 심장이 뛰지 않는 게 신기했다. 오히려 담담했다. 잠시 서서 승객들을 바라보고 있으니 몇몇 사람들이 나를 발견했다. 소란했던 기내가 점점 조용해졌다. 많은 사람이 호기심 가득한 눈빛으로 나를 쳐다보고 있었다. 그 상태로 5초 정도 시간이 더 흘렀을 때, 나는 천천히 입을 열었다.

"안녕하세요. 모두, 잠시만 이쪽을 봐 주시겠습니까?"

나의 말이 끝나자, 옆에 서 있던 네팔 승무원이 내 말을 네팔어로 통역해 주었다.

"저는 세계 일주를 하고 있는 킴이라고 합니다. 저는 지난 4월 네팔에 일어난 대지진을 기억하고 있습니다."

네팔 승무원은 차분히 나의 말에 맞춰 통역을 계속했다. 우리는 한 문장, 한 문장 주고받으며 말을 이어나갔다.

"이 비행기는 네팔 카트만두로 가고 있습니다. 여기엔 수많은 네

눈물을 보이던 네팔 선생님

팔분이 앉아계시지요. 저는 네팔 사람들을 위로하기 위해 전 세계인들은 하나라는 의미의 비디오를 촬영하고 있습니다. 혹시, 저를 도와주실 수 있을까요?"

한동안 정적이 흘렀다. 나는 긴장하며 네팔 승무원의 말이 마치기를 기다렸다. 네팔 승무원의 말이 끝나자, 별 반응이 없던 승객들은 한목소리로 비행기가 떠나가라 "OK!" 하고 소리쳤다. 곳곳에서 "그럼!"이라는 네팔 말도 들렸다. 나는 그들의 화답에 기쁜 마음으로 고프로를 꺼내 들었다. 승객들에게 찍을 영상에 관해 설명해 주고 두어 번 입을 맞춰 연습했다. 그렇게 네팔어와 영어로 된 'thank you and i love you'라는 영상이 완성됐다. 실로 폭발적인 반응이었다. 화기애애한 분위기 속에서 나는 자리로 돌아왔다. 내 주변에 앉아 있던 네팔인들이 하이파이브를 요청했다. 5명 정도와 하이파이브를 하고 기분 좋게 자리에 앉아 있는데, 한 중년 남성이 내게 다가왔다.

다짜고짜 자신을 네팔의 선생님이라 소개하는 남자의 입술이 파르르 떨렸다. 그는 네팔의 한 학교에서 영어를 가르쳤는데, 이번 지진 때 그가 일하던 학교가 무너져 버렸다. 그로 인해 목숨을 잃은 제자들도 많다며 그는 금방이라도 울음을 터트릴 것 같은 표정으로 나를 쳐다보았다. 그의 목소리에는 슬픔과 괴로움이 뒤범벅되어 있었다.

"지금 네팔에는 많은 도움이 필요해요. 부디 네팔 사람들과 아이들을 위해서 힘써 주세요."

그의 간절함이 절절하게 느껴졌다. 승객들의 긍정적인 반응에 우쭐해 있던 스스로가 부끄러웠다. 지푸라기 잡는 심정으로 나에게 다가왔을 네팔의 한 영어 선생님. 내가 뉴스로 본 네팔의 모습은 극히 일부에 불과했다. 마음이 무거워졌다. 진지하지 않은 태도로 임했던 몇몇 순간들이 떠올랐고 단순한 마음으로 영상을 만들 계획을 세웠던 것이 후회되었다. 제자들이 죽어가는 모습을 보고만 있어야 했던 선생님의 심정을 내가 어떻게 형언할 수 있을까? 그의 눈에 나는 그저 지나가는 한 행인이 아니었다. 네팔을 위해 무언가를 정말 해 줄 수 있는 사람으로 보였으리라.

네팔 카트만두 공항에 착륙한다는 안내 방송이 나올 때까지 나는 생각에 잠겨 있었다. '내가 할 수 있는 일을 더 해야 하지 않을까?' 하는 생각이 머릿속을 스쳐 지나갔다.

맨발로 벽돌을 나르던 꼬마 로젠

붉은 벽돌과 시멘트로 이루어진 공항 내부는 형광등을 켜 두었음에도 침침하기 그지없었다. 아무렇게나 놓인 간이 의자들과 퀴퀴한 냄새, 카트만두 공항은 생각보다 더 낙후되어 있었다. 나는 택시를 타고 곧바로 터멜로 향했다. 네팔이 입은 지진 피해는 엄청났다. 당시 지진이 워낙 강했기 때문에 진원과 거리가 꽤 먼 곳까지도 피해가 있었다. 터멜로 들어가는 길목에서도 지진으로 인해 무너진 몇몇 건물들을 볼 수 있었다.

이전 여행지에서처럼 마냥 설레는 기분은 아니었다. 창밖을 보고 있으니 비행기 안에서 만났던 네팔 선생님의 목소리가 떠올랐다. 새삼스레 내가 네팔에 도착했음이 실감 났다. 그렇게 터멜의 저렴하고 안전하다는 게스트하우스에 도착했다. 배낭을 방 한구석에 내려놓고 샤워를 하려 옷을 벗는데 뽀얗게 먼지가 일었다. 그새 옷 위에 꽤 많은 흙먼지가 쌓여 있었다. 두어 번 옷을 털어 개어 두고서 화장실로 들어갔다. 수도꼭지에선 누런 흙탕물이 나왔다. 만져지는 이물질은 없었지만, 찝찝한 건 어쩔 수 없었다. 그렇게 울며 겨자 먹기로 샤워를 하고 주위를 둘러볼 겸 건물 옥상으로 향했다.

멀쩡한 건물도 있었지만, 여기저기 훼손된 건물도 많았다. 내가 묵는 게스트하우스 옆 건물도 형태를 알아볼 수 없을 정도로 망가져 있었다. 유심히 보니 부부처럼 보이는 한 아저씨와 아주머니가 그곳에서 돌들을 치우고 있었다. 자세히 보니 그 옆에 작은 아이도 함께였다. 저런 곳에서 놀다간 다칠지도 모르는데 하는 걱정이 앞섰다. 내 눈동자가 아이의 움직임을 따라갔다. 나는 순간 눈을 의심했다. 아이는 놀고 있는 것이 아니었다. 네다섯 살밖에 안 돼 보이는 작은 꼬마가 부지런히 벽돌을 나르고 있었다.

그 후로 매일 일과를 마치고 게스트하우스에 돌아오면 곧장 옥상으로 향했다. 오늘은 다치지 않았을까. 내가 무사한 것처럼 아이도 무사할까, 걱정되었다. 아침과 다름없이 한자리에서 벽돌을 옮기고 있는 아이를 발견하면 안심이 되면서도 한편으로는 속이 상했다. 한국에서는 한창 친구들과 뛰어놀며 유치원에 다닐 나이였다. 하루가 지나고 이틀이 지나고 사흘이 지나도 아이는 그 자리에 있었다. 뙤약볕 아래서 아침부터 저녁까지 벽돌을 나르는 가족을 보다 못한 나는 나흘째 되던 날 빵과 물을 챙겨 그들에게 갔다.

"이거 별건 아니고 장을 너무 많이 봐서요. 물하고 빵이 좀 남기에 가지고 왔습니다. 드시면서 하세요."

"아, 고맙습니다."

람푸맛 씨는 땀이 범벅된 얼굴로 내가 건네는 빵과 물을 받아들었다. 해맑게 웃는 람푸맛 씨는 지진으로 피해를 본 사람이라고는 보기 어려울 정도였다.

"저 삽질 잘하는데, 좀 도와드릴게요."

"에이. 옷 더러워지게 무슨 삽질이에요. 그냥 다른 사람들처럼 기념사진이나 찍고 가세요."

"그러지 마시고 삽 주세요. 저 삽질 좋아한단 말이에요."

말은 그렇게 했지만, 막상 삽으로 흙무더기와 돌들을 치우다 보니 여간 힘든 게 아니었다. 햇볕은 또 얼마나 강한지 10분도 안 돼 땀이 나기 시작하더니 1시간쯤 지나니 온몸이 땀에 젖었다. 겨우 1시간만에 나는 탈진되다 싶이됐고 나는 한숨 돌릴 겸 람푸맛 씨에게 다가갔다. 나는 그의 옆에 털썩 앉아 말을 걸었다. 그리고 우리는 대화를 나누었다. 네팔이 입은 지진 피해에 관한 이야기, 한국에 관한 이야기, 나의 꿈이 세계 일주라는 이야기 등등… 시종일관 그는 내 이야기에 귀기울여주며 웃으며 반응해줬다. 그러다 문득 그의 꿈은 무엇인지 궁금해졌다.

"람푸맛 씨는 꿈이 뭔가요?"

"제 주제에 무슨 꿈이에요. 지진 났을 때 가족들 무사했으니 감사하죠. 지금은 애들 굶기지는 않고 있어서 좋아요."

"아, 그러지 마시고 람푸맛 씨도 진심으로 원하시는 게 있을 거 아니에요? 말씀해 주세요."

내가 두 번 세 번 반복해서 묻자, 밝은 표정이었던 그의 표정이 점점 어두워졌다. 람푸맛 씨는 눈시울이 잔뜩 붉어져서는 어렵게 어렵게 대답했다.

"사실 저도… 열심히 일한 만큼 대우를 받았으면 좋겠어요. 특히 우리 막내아들 로젠이 학교도 못 다니고 벽돌을 나르는 모습을 보면 너무 가슴이 아파요. 제가 능력이 없어서 다른 애들은 학교 다닐 때, 로젠은 저렇게 일하게 해야 하는 게 너무 슬퍼요."

지금껏 담담하던 그가 터져 나오는 울음을 간신히 참으면서 말하는 모습을 보니 나도 모르게 눈물이 났다. 지난 4월 텔레비전으로 봤던 네팔의 현장 모습이 떠올랐다. 브라운관 너머의 그들은 마치 딴 세상 사람처럼 느껴졌고 안타깝고 마음 아팠지만, 그 이상의 감정은 들지 않았다. 내가 워낙 감수성이 풍부하지 않은 사람이다 보니 더더욱 그랬던 것 같다. 하지만 이제 나에게 네팔 지진은 텔레비전 속 이야기가 아니었다. 무너진 집의 흙먼지들 그리고 흙내음 한 걸음 떨어진 곳에서 벽돌을 나르고 있는 로젠과 내 옆에서 눈물을 훔치는 람푸맛 씨는 현실이었다.

"람푸맛 씨, 제가 돕겠습니다. 어떻게 해서든 그 꿈 이루실 수 있도록 도울게요."

생각할 겨를도 없이 말이 터져 나왔다. 나는 람푸맛 씨의 손을 부여잡고 몇 번이고 돕겠다 말했다. 그리고 곧장 방으로 들어가서 노트북을 열고 글을 쓰기 시작했다. 이게 정말 가능할지, 남들이 나를 오지랖 넓다고 비난하지 않을지는 고민하지 않았다. 평소 같았으면 여러 상황을 저울질하며 실행하기를 미뤘겠지만, 이번은 달랐다. 남들의 시선은 신경 쓰이지 않았다. 다만, 내가 할 수 있는 일에 집중하고 싶었다. 멋진 풍경을 보는 일과 새로운 여행지에서 맛있는 음식을 먹는 일, 그 어떤 것도 머릿속에 들어오지 않았다. '로젠과 누나인 레쓰마가 교복을 갖춰 입고 학교에 가는 모습을 볼 수 있다면….' 그 생각만이 머릿속을 가득 채웠다. 나는 글을 다 쓰자마자 와이파이를 잡아 SNS에 업로드했다.

후원을 부탁드립니다

안녕하세요. 저는 세계 여행 중인 김민우라고 합니다. 현재 네팔 터멜의 한 게스트 하우스에서 지내고 있습니다. 이곳은 진원과 거리가 좀 있는 지역이라 그나마 피해가 적은 편이지만, 그럼에도 이곳 역시 무너진 건물들과 피해를 입은 사람들이 많습니다. 지금 머무는 게스트 하우스 건물의 바로 옆집도 형태를 알아볼 수 없게 무너졌습니다. 저의 방에서 창문을 내다보면 그곳에서 온종일 삽질을 하고 벽돌을 옮기는 한 부자를 볼 수 있습니다.

매일 아침부터 저녁까지 벽돌을 옮기는 네 살배기 아이를 보다 못해 간단한 먹을거리를 챙겨 그곳으로 내려갔습니다. 당연히 그들의 집인 줄 알았는데 아니라고 하더군요. 아이의 아버지인 람푸맛 씨는 돈을 받고 집주인 대신 잔해들을 치우고 있다고 말했습니다. 그래서 당신의 집은 어떠냐고 물어보니 자기는 세 들어 살고 있는데 그 집 역시 지진의 영향을 받아 일부 무너지고 금이 간 상태이기는 하지만 잠은 잘 수 있는 정도라 합니다. 그게 행운이라고요.

람푸맛 씨가 하루 12시간을 꼬박 일하고 받는 돈은 800루피입니다. 한국 돈 8,800원이지요. 아들이 일한 몫은 제대로 받지도 못한다고 합니다. 그렇게 부자는 일주일에 하루도 쉬지 않고 매일 일을 합니다. 생활비가 부족할 때는 람푸맛 씨 혼자 잔해더미 사이에서 쪽잠을 자고 밤 10시부터 새벽 5시까지 더 일하고요. 하지만 그렇게 열심히 일해도 람푸맛 씨는 자신의 막내아들을 학교에 보낼 수 없습니다. 그 돈은 하루 먹을 것과 입을 것만 겨우 살 수 있는 금액이거든요. 현재 그의 건강은 매우 좋지 않은 상태입니다.

저는 단순히 구걸하는 사람들은 돕고 싶지 않습니다. 하지만 365일 쉬지 않고 일해도 어려운 환경에서 벗어날 수 없는 사람이 있다면 돕고 싶어요. 네팔에서 지낸 3일 동안 다섯 살도 안 돼 보이는 아이가 작은 발로 뭉친 흙을 걷어차고 상처투성이인 손으로 무거운 벽돌을 들어 나르는 모습을 보면서 가슴이 찢어지듯 아팠습니다. 저도 이런데 부모의 심정은 어떨는지요.

람푸맛 씨의 꿈은 자녀를 학교에 보내는 것입니다. 네팔 학교에 직접 찾아가 알아보니 이곳 중학교, 고등학교 한 달 교육비는 국립학교 기준으로 한국 돈 1만 원 정도라고 하네요. 24만 원이면 람푸맛 씨의 두 자녀가 1년간 학교 교육을 받을 수 있습니다. 저도 람푸맛 씨의 막내아들 로젠과 로젠의 누나 레쓰마가 교복을 입은 모습이 너무 보고 싶습니다. 500원이든 1,000원이든 만 원이든 혹은 그 이상이든 제게 입금해 주시면 단돈 1원까지 투명하게 그들 가족을 위해서 쓰겠습니다. 저를 믿고 후원을 부탁드립니다.

후원을 부탁드립니다

생애 첫 교복을 입은 로젠

모금 기간으로 공지해 두었던 10일이 지났다. 막상 글을 올리고 나서는 이런저런 걱정 때문에 밤잠을 설치기도 했다. 하루에도 몇 번씩, 와이파이가 잡힐 때면 틈틈이 SNS에 들어가 댓글을 확인했다. 결과는 성공이었다. 예상했던 것보다 많은 사람이 기부를 해 주었다. 30여 명의 기부자들 중에는 얼굴도 한 번 본 적이 없는 여학생부터 아저씨, 아주머니도 있었고, 한 번도 내 SNS에 댓글을 단 적 없었던 학교나 동네 친구들도 있었다.

그렇게 막 시작한 SNS를 통해 10일간 모인 돈은 405,905원 즉 36,000(당시 환율 기준)루피였다. 나는 그들이 남긴 메시지와 댓글을 꼼꼼히 읽었다. 람푸맛 씨 가족을 도와주라고, 자신도 로젠이 교복을 입은 모습을 꼭 보고 싶다며 나를 믿고 기부해 준 모든 분께 고마웠다. 나는 돈을 가지고 무작정 람푸맛 씨를 찾아갔다. 람푸맛 씨와 로젠은 여전히 난장판인 위험한 지진 피해 현장에서 벽돌을 부수고 나르고 있었다. 나는 그를 소리쳐 불렀다.

"람푸맛 씨! 당분간 돈 걱정 없이 아이들을 학교에 보낼 수 있어요!"

람푸맛 씨는 목을 길게 빼고 내 목소리가 들리는 쪽을 바라봤다. 그리곤 손을 흔드는 나를 발견하고서 수줍게 웃었다. 나는 람푸맛 씨에게 상황을 알려주고서 곧장 그의 아내인 시타 씨와 함께 가까운 학교로 향했다.

시타 씨와 내가 찾아간 학교의 이름은 'Kanya mandir higher sec school'이었다. 우리는 교장 선생님을 만나 아이들 교육비에 관해 이야기를 나눴다. 로젠 가족의 딱한 사정을 들은 교장 선생님은 일곱 살 레쓰마와 네 살 로젠의 1년 교육비를 9000루피만 받겠다고 했다. 총 18,000루피에 남매가 2년 동안 학교에 다닐 수 있게 도와주겠다고 하셨다. 다른 아이들보다 절반 이상 저렴한 셈이었다. 나는 교장 선생님께 감사를 표하고 남매의 2년 치 교육비인 18,000루피, 한국 돈 203,327원을 전액 지불하고 영수증을 받았다.

나의 작은 용기와 사람들의 관심으로 장난감 대신 벽돌을 쥐고 나르던 네 살배기 로젠은 학교에 다닐 수 있게 되었다. 나는 로젠에게 교복을 보여 주며 말했다.

"로젠! 이제 너도 다른 친구들처럼 교복 입고 공부해도 돼! 이 교복 이제부터 로젠, 네 거야."

내 말이 끝나기 무섭게 로젠은 쪼르르 달려와 교복을 품에 안았다. 그리고는 그 자리에서 옷을 갈아입기 시작했다. 처음 입는 것이라 서툴렀지만, 로젠은 열심히 교복을 입었다. 뒤이어 어머니인 시타 씨가 옷매무시를 다듬어 주었다. 로젠은 모든 걸 다 가진 것처럼 행복해 보였다. 교복을 제대로 빼입은 로젠이 다시금 환하게 웃자, 모여 있던 사람들은 누가 먼저랄 것도 없이 함께 박수를 쳤다.

생애 첫 교복을 입은 로젠

가슴이 벅찼다. 살면서 느끼지 못했던 이상한 감정이었다. 여느 박물관에서 고귀한 예술품을 볼 때나 유명 관광지에서 광활한 대자연을 볼 때 느꼈던 감정들과는 달랐다. 세계 여행을 떠난 이후로 가장 행복한 순간이었다. 사람들의 반응에 부끄러워졌는지 로젠은 수줍게 웃었다. 나는 로젠에게 다가가 하이파이브를 권했다. 로젠은 힘껏 내 손바닥을 내리쳤다. 내가 다시 양손을 들어 로젠에게 하이텐을 권하자 로젠은 또 한 번 웃으며 양 손바닥을 마주쳤다. 나는 옆에 계시던 선생님께 통역을 청했다.

"로젠, 교복 입어서 너무 좋지? 이제 로젠도 다른 친구들처럼 교복 입고 공부할 수 있는 거야. 앞으로 공부 열심히 해야 해, 형이랑 약속해 줄 수 있지?"

로젠은 몸을 비비 꼬더니
힘차게 대답했다.

"네!"

후원 후일담

어제 로젠과 레쓰마의 2년 치 교육비를 지불하고 교복을 받아왔습니다. 하루가 지나 이 글을 쓰고 있지만, 교복을 입고 환하게 웃던 로젠의 미소가 아직도 생생합니다. 자녀들이 공부할 수 있도록 도와줘서 고맙다며 연신 인사하던 람푸맛 씨와 시타 씨의 붉은 눈시울도요.

그냥 지나칠 수도 있었지만, 저는 그러지 않았습니다. 그들과 대화했고 그들의 아픔을 나누고자 했습니다. 제게 기부금을 보내 주신 분들도 저와 다름없었으리라 생각합니다. 제 게시글을 그냥 지나칠 수도 있었지만, 여러분은 그러지 않았지요. 그 결과 이렇게 두 아이의 삶이 바뀌게 된 것입니다. 좋은 결과를 전할 수 있게 되어 기쁘고 도움을 주신 많은 분께 감사한 마음입니다. 여러분 덕분에 평생 벽돌을 나르며 글 쓰는 방법도 모르고 살았을 람푸맛 씨의 자녀가 학교에 다닐 기회를 얻게 되었습니다.

1. 로젠과 레쓰마의 2년 치 학교 등록금: 18,000루피(203,327원)
2. 로젠과 레쓰마의 교복값: 2,000루피(22,591원)
3. 로젠 가족과 그들이 월세로 사는 건물에 있는 모든 사람이 나

뉘 먹을 쌀 100킬로그램: 6,100루피(68,905원)

4. 쌀과 섞어서 먹는 곡물 달밧과 식용유 20리터(영수증에는 기름 5리터로 되어 있는데 구매 후 람푸맛 씨 아내인 시타 씨가 같은 가격이면 양이 많은 일반유가 좋다며 교환을 부탁하셔서 5리터짜리 고급유에서 20리터짜리 일반유로 바꿨습니다.): 각각 1,000루피/1,200루피(11,295원/13,555원)

5. 깨끗이 정수된 물 50통: 1,000루피(11,295원/개당 20루피)

6. 로젠의 자전거(로젠의 소원이 자신의 자전거를 가져 보는 것이라고 해서 다른 친구들과 나눠 타고 공부 열심히 하는 조건으로 사 줬습니다.): 3,500루피(39,535원)

7. 람푸맛 씨의 운동화(가진 신발이라곤 낡은 슬리퍼 하나밖에 없었던 람푸맛 씨. 매일 그 슬리퍼를 신고 위험한 지진 피해 현장에서 일해 온 람푸맛 씨에게 첫 운동화를 선물했습니다.): 1,400루피(15,814원)

8. 이제 학교에 다니게 된 레쓰마와 로젠의 슬리퍼(신발이 너무 낡아 다른 아이들과 비교가 되기에 새 슬리퍼를 사 줬습니다.): 450루피(5,083원)

9. 람푸맛 씨 친동생의 자녀인 런짓에게 준 후원금(런짓은 부모님 건강이 좋지 않아 아버지 대신 가장의 역할을 하고 있다고 합니다. 어떻게 도와줄까 고민하다가 큰돈은 아니지만, 1,350루피를 직접 주기로 했습니다. 한국 사람에게는 적은 돈이지만, 런짓에겐 큰 힘이 될 거라 생각했고 누구보다 열심히 일하는 아이이기에 돈을 허투루 쓰지 않을 거란 확신이 있었습니다.): 1,350루피(15,249원)

합계: 18,000+2,000+6,100+2,200+1,000+3,500+1,400+450+1,350=36,000루피(405,905원)

위와 같은 용도로 여러분들이 기부해 주신 금액을
사용하였습니다.

"동행이라도 있었으면 좀 나았을 텐데."

바람을 맞으며 홀로 히말라야를 오르려니 고독했다. 물론 함께 할 사람을 구할 생각을 못 했던 것은 아니다. 포터나 가이드를 고용하기엔 예산이 부족했다. 아직 세계의 절반도 돌지 않았기에 그만한 돈을 쓰기가 망설여졌다. 7월 몬순 기간이기에 동행을 구하기도 쉽지 않았다. 일주일간 여기저기 알아보았지만, 결과는 좋지 않았다. 네팔에 온 이유는, 네팔의 실상을 두 눈으로 보고 싶었기 때문도 있었지만, 오랫동안 꿈꿔온 히말라야에 오르기 위함도 있었다. 더 지체하다가는 곧 출국일이 될 것 같아, 혼자서 히말라야에 오르기로 한 것이었다.

"그래도 험난한 산인데 혈기왕성할 때 와서 다행이다."

가파른 길을 만나 2시간여 동안 가까스로 한 구간을 올라왔다. '나이 먹고는 이 산은 아마 못 오를 거야.'라고 생각하며 다시 걸음을 옮기려는데 뒤따라오던 등반객이 보였다. 말이나 붙여 볼까 하는 마음에 유심히 쳐다보고 있던 나는 깜짝 놀랐다. 그 등반객은 요양원에 앉아 계셔야 할 것 같은 백발의 할머니였다. 나와 할머니는 앞서거니 뒤서거니 하며 산을 올랐다.

해가 저물고 우리는 같은 로지에서 저녁 식사를 하게 되었다. 할머니는 현지식을 드시고 계셨고 나는 스파게티를 시켰다. 나는 그분과 가까운 자리에 자리를 잡고 앉았다. 그리고 눈치를 살피다가 음식이 나왔을 무렵 먼저 말을 걸었다. 궁금한 것이 한두 개가 아니었다. 우리는 안락한 로지에서 긴 대화를 나눴다.

할머니는 스코틀랜드인이었다. 그녀는 어릴 적부터 세계 여행을 꿈꿨다. 젊은 날 사랑하는 남편을 만나 결혼하고 가정을 이루며 실행을 미뤄야 했지만, 할머니는 그 꿈을 잊지 않았다. 결혼할 당시 그녀는 남편에게 자식을 다 키우고 나서 60세가 되는 해에 세계 여행을 떠나겠다고 말했다. 자식들이 모두 출가한 뒤 그녀는 57세 때부터 헬스를 다니며 몸 상태를 최상으로 만들기 위해 노력했다. 매일 운동하며 독하게 건강 관리를 했음에도 지병은 어쩔 수 없었다. 하지만 할머니는 포기하지 않고 60세 되던 해에 집을 나섰다. 그리고 그녀는 현재 5년째 세계 여행 중이었다.

"꼭 젊어서만 세계 여행을 떠날 수 있는 건 아니라는 걸, 나 자신과 나 같은 늙은이들에게 보여 주고 싶었어. 꿈은 포기하는 순간 사라지는 거야. 아무리 나이가 많이 들었어도 꿈을 잊지 않는 한 언젠가는 이룰 수 있어."

그녀가 할리데이비슨을 타고 미국을 횡단할 당시 찍은 사진을 보여 주며 말했다. 할머니는 1년 중 6개월은 어려운 나라에서 봉사 활동을 하며 지낸다고 하셨다. 네팔에 오기 전 2년 동안은 브라질의 한 고아원에서 무보수로 영어를 가르치셨다고…. 그녀는 우리가 이렇게 마음

편히 여행을 다닐 수 있는 이유는 또 다른 누군가가 어려움을 겪고 있기 때문일지 모른다고 했다. 할머니는 여행하며 주위에 도움이 필요한 이들이 있는지 살피기를 당부했다. 그들을 도울 때 이전과는 다른 종류의 큰 보람을 느끼게 될 거라는 그녀의 말에 교복을 입은 로젠을 보고 느꼈던 감정이 떠올랐다. 할머니의 당부를 가슴에 아로새겼다.

"킴, 근데 너 영어 정말 못한다. 벌써 5개월째 여행 중이라니, 믿기질 않네. 너같이 말도 제대로 못 하는 녀석도 세계 여행을 다니는 걸 보면 역시 언어는 사람 관계에 큰 문제가 안 되는가 봐."

할머니가 나를 툭 치며 웃었다. 어느새 처음의 어색함은 사라지고 편안하고 즐거웠다. 나의 엉터리 영어 실력을 짓궂게 놀리면서도 그녀는 대화 내내 나를 배려해 주었다. 잠시 시선을 허공에 두었다가, 느리지만 명확한 발음으로 그녀는 다시 말을 이었다.

"정말이야. 내가 브라질에서 봉사하고 있을 때 나보다 5살은 더 많은 일본 할머니를 만난 적이 있어. 그분 역시 세계 여행을 하는 중이었지. 언어를 유창하게 하는 것도 아니고 나보다 건강하지도 않았지만, 그분은 누구보다 멋진 여행을 하고 있었어. '포기하는 순간 모든 일은 가능성도 알지 못한 채 불가능한 일이 되는 것이다.' 그분이 내게 해 주셨던 말이야. 언어적 조건도 신체적 한계나 금전적 어려움도 포기하지 않는 사람에게는 큰 장애물이 되지 못해."

할머니는 내가 지금껏 만난 어떤 여행자보다도 당당했다. 마치 높은 단상 위에 서서 강연하는 사람 같았다. 나는 객석에 앉은 청취자일 뿐이었다. 할머니의 말 한마디 한마디가 내 가슴을 후벼팠다. 복잡한 내 심정을 읽었는지 그녀가 온화한 표정으로 초콜릿바를 내 손에 쥐여 주며 말했다.

네팔을 떠나는 날, 로젠 아빠가 내게 한 말

"킴, 너는 아직도 20대잖니. 넌 나보다 더 많은 것을 이룰 수 있어. 그렇다고 너한테 꼭 무엇인가를 하라는 게 아니야. 네가 원하는 게 있다면 지레짐작해서 포기하지 말고 일단 도전해 봤으면 좋겠어. 봐! 혼자 히말라야에 오르는 게 무서워서 포기했다면 너는 지금쯤 아마 포카라나 카트만두에서 햄버거나 먹고 있지 않았을까? 너의 도전이 이곳 히말라야에 오게 한 거야. 그래서 우리가 만날 수 있던 거고. 네가 히말라야에 오르기를 포기했다면 너와 난 평생 서로를 모른 채 살아갔겠지. 킴! 너의 도전을 응원해. 네가 행복한 인생을 살렴. 먼 훗날 네가 큰 벽에 부딪혔을 때 스코틀랜드의 떠돌이 할망구가 지구 반대편에서 너를 응원하고 있음을 잊지 마."

나는 히말라야에서 평생 잊지 못할 소중한 인연을 만났다. 젊음보다 반짝이는 꿈으로 자신만의 매력을 뿜어내던 그녀. 새로운 꿈이 생겼다. 결혼하고 가정을 꾸리고 자식으로서, 부모로서 할 도리를 다 마치면 또 한 번 긴 여정을 떠날 것이다. 히말라야에서 만난 할머니가 그랬던 것처럼 한평생 가지고 갈 꿈이었다.

네팔을 떠나는 날, 로젠 아빠가 내게 한 말

해발고도 4,320미터의 ABC, 안나푸르나 베이스캠프에서 내려와 포카라에서 카트만두로 돌아왔다. 네팔을 떠날 날이 다가왔다. 마지막으로 로젠을 만나고 싶었다. 얼추 짐 정리를 마치고 람푸맛 씨 가족에게 줄 자그마한 선물들을 골랐다. 별건 아니지만, 막일하느라 몸 성할 날 없으실 람푸맛 씨에겐 파스를, 레쓰마에겐 쿠키 세트를, 우리 꼬맹이 로젠에겐 학교 가서 기죽지 말라고 르꼬끄 가방을 주기로 했다.

오랜만에 찾은 지진 피해 현장이었지만, 그곳에서 어렵지 않게 람푸맛 씨를 만날 수 있었다. 선물 꾸러미를 전해 주고서 곧 네팔을 떠날 거라 말했다. 언제가 될지 모르지만, 꼭 다시 만나자는 나의 말에 람푸맛 씨는 가볍게 고개를 끄덕였다. 레쓰마와 로젠과도 인사를 나누고 돌아섰는데, 줄곧 말없이 바라보기만 하던 람푸맛 씨가 나를 불러세웠다. 그러고는 달려와 나를 꺼안으셨다.

"KIM… You are my real friend…."

람푸맛 씨의 목소리에 물기가 가득했다. 한 가장이 그간 느꼈을

압박과 중압감… 말로 표현할 수 없는 감정들이 내게로 밀려왔다. 람푸맛 씨는 너무 큰 고마움을 느끼고 있었다. 내가 한 거라곤 여러 사람의 마음을 모아 전달해 준 것뿐이었는데 말이다. 람푸맛 씨는 그렇게 한참을 내게 안겨 연거푸 고맙다는 말을 내뱉으셨다.

숙소에 돌아와서도 람푸맛 씨의 목소리가 귓가에 맴돌았다. 타국의 40대 가장으로부터 '진정한 친구'라는 말을 들은 사실이 믿기지 않았다. 평일엔 회사에 다니고 주말엔 방에 틀어박혀 게임 캐릭터의 레벨업에만 매달렸던 내 모습이 떠올랐다. 나는 컴퓨터 게임을 참 좋아했다. 게임 캐릭터의 레벨이 오를 때면 마치 무언가 해낸 것마냥 뿌듯했다. 하지만 방에서 주말을 다 보내고 월요일을 앞둔 일요일 밤이면 때때로 잠이 잘 오지 않았다. 왠지 모르게 허탈하고 공허했다. 그런 밤이면 '아 무작정 떠나서 뭔가 해보고 싶다'라는 생각을 했지만, 그 일이 구체적으로 무엇인지도 알 수 없었다. 어쩌면 나는 컴퓨터 게임을 좋아했던 게 아니라 게임밖에 생각해 내지 못했던 것인지 모르겠다.

한국에서는 다람쥐 쳇바퀴 돌 듯이 하루하루를 살았다. 나는 가치 있는 일을 할 수 있는 사람이 정해져 있다고 생각했다. 나같이 평범한 사람이 아프리카의 아이들에게 무슨 도움이 되겠나 싶었다. 적어도 의사나 선생님, 외국에서 자라 영어를 유창하게 하는 IQ130의 똑똑한 아이 정도는 되어야 누군가에게 도움을 줄 수 있다고 여겼다. 하지만 네팔을 여행하며 내 생각이 틀렸음을 깨달았다. 조금만 생각을 바꾸면 누구나 가치 있고 의미 있는 일을 할 수 있다. 하나의 행동이 세상을 바꿀 수는 없겠지만, 적어도 한 사람과 한 가정의 고통을 걷어낼 수는 있다. 내한 번의 용기가 로젠의 세상을 바꾸었듯이 말이다.

새로운 나라를 방문하고 그곳에서 또 새로운 사람을 만난다. 새로운 경험을 할 때마다 스스로 성장해 감을 느낀다. 가상 현실의 캐릭터가 아니라 현실 세계의 '김민우'가 레벨업 하는 것이다. 히말라야에서 만났던 할머니의 말씀처럼 누군가를 돕고 나서 느낀 감동과 보람, 그 성취감은 게임방에서 느꼈던 것과는 비교할 수 없을 정도로 컸다. 나의 지금 레벨이 몇인지 경험치가 몇인지 분명히 알 수는 없지만, 한국에 있을 때보다 몇 배 아니 수십, 수백 배의 경험이 나날이 더해짐을 느낀다. 내일은 누구를 만날지, 어떤 경험을 할지 예상할 수 없는 흥미진진한 삶 속에서 나는 매일 '무언가'를 얻어 왔다.

한국을 떠나 네팔에 오기까지 수많은 '무언가'를 얻었지만, 내가 네팔에서 얻은 '무언가'는 이전 것들과 다른 것이었다. 지금껏 의미 있는 일을 하고 싶었지만, 그게 구체적으로 무엇인지 알지 못했다. 네팔에서 로젠 가족을 돕고 히말라야에서 60세에 꿈을 이룬 할머니와 대화하며 알게 되었다. 여행 이래 처음으로 목표가 생겼다. 로젠 가족으로 끝나는 것이 아니라, 더 많은 네팔 사람, 어려움을 겪고 있을 또 다른 로젠을 지원하기 위해 노력하리라.

히말라야에서 만난 매력적인 할머니가 오토바이를 타고 미대륙을 횡단한 것을 보며 도전하기도 전에 포기하는 행동이 얼마나 미련한 것인지 알게 되었다. 태국의 카오산 로드에서 배낭 하나 짊어지고 홀로 아시아 일주를 한 독일인 친구를 만나고 '나라고 못 할 게 뭐야?'라는 자신감이 생겼다. 교복을 입고 세상을 다 가진 것처럼 웃는 로젠을 보며 다짐했다. 네팔의 아이들에게 웃음을 되찾아 주겠노라고. 나는 도덕심과 봉사 정신이 투철한 사람도 아니고 자선사업가도 아니다. 그런 단어들과는 거리가 먼 삶을 살아왔다. 평생 남을 도우며 살 자신도 없었다. 하지만 세계 일주를 하는 동안만큼은 나만을 위해서가 아니라 모두를 위해서 살아 보고 싶었다. 특히, 지금 두 눈으로 바라보고 있는 이곳, 네팔의 사람들에게 감정적, 물질적 위로를 전하고 싶었다. 이제 방구석에서 게임 캐릭터의 레벨업을 위해 키보드를 두들기는 사람이 아니라, 누군가를 돕고 세상에 변화를 일으킬 수 있는 멋진 사람이 되리라.

"아무것도 하지 않으면 아무 일도 일어나지 않는다."

내가 좋아하는 말이다. 난 제대로 일을 벌이기로 했다. 네팔을 위한 크라우드펀딩 사이트를 만들고 세계 각국을 여행하며 촬영을 하고 그들의 립마크를 받을 것이다. 그리고 영상이 완성되면 언론이나 기관을 통해서든 SNS를 통해서든 네팔이 혼자가 아님을, 여전히 많은 사람이 네팔을 응원하고 사랑하고 있음을 이 땅에 전해 주리라. 아무것도 하지 않으면 정말 아무 일도 일어나지 않는다. 이 다짐을 핸드폰 메모장에 중요 표시를 하고 기록하였다. 네팔에서 보내는 마지막 밤이었다.

PART 5 　　 네팔 → 인도 → 에티오피아 → 폴란드 →
　　　　　　 핀란드 → 스위스 → 프랑스

인도에서 한 달 살기

순조로운 여행을 바란다면 그다지 선호할 만한 나라는 아닌 인도. 하지만 나는 달랐다. 새로운 경험에 목말라 있었고 한국과는 다른, 수백 수천 년의 전통을 가진 인크레더블 인디아의 민낯을 보고 싶었다. 그렇게 난 설레는 마음으로 인도 델리에 도착했다. 호기롭게 시작한 인도에서 한 달 살기 프로젝트! 하지만, 인도에서의 생활은 나의 어릴 적 환상과는 한참 거리가 있었는데….

인도, 나의 환상: 인도는 대사관을 통해 비자를 받은 정부에서 허락한 사람만 갈 수 있는 나라일까?

인도, 그 실상: 정부의 허락이 필요한 건 맞지만, 어려운 과정은 아니다. 용산에 있는 주한 인도 대사관에 방문하여 인도 방문 비자를 발급받으면 누구나 인도에 갈 수 있다.

인도, 나의 환상: 암이나 큰 병에 걸려 죽을 날이 얼마 남지 않은 사람들이 가는 곳. 너무 위험해서 목숨을 걸고 가야 하는 그런 곳이 인도라던데, 인도는 정말 위험천만한 나라일까?

인도, 그 실상: 사기를 치려는 사람은 많지만, 대부분 뒤통수 한 대 맞는 정도라 괜찮다. 나중에 생각하면 여행지에서 겪은 웃픈 추억 정도로 넘길 수 있는 딱 그만큼이다. 아프리카와 인도, 남미 등 여러 대륙을 여행하고 보니 오히려 인도 치안이 더 낫더라는 의견이다. 그래도 인도는 여전히 위험한 나라이고 특히나 여성들에게 더욱 위험할 수 있으니 주의해야 한다. 다만 여느 블로그에 나와 있는 만큼만 조심하면 충분히 즐겁게 여행할 수 있는 나라이니 더러 겁먹을 필요는 없다.

인도, 나의 환상: 다큐멘터리와 책 속에 나오는 인도의 모습들은 진짜일까? 이를테면 이마 한가운데 빨간 점을 찍은 백발의 할아버지가 천으로 된 옷을 입고 갠지스 강변에 앉아 요가를 하는 모습들이라든지, 길거리에서 소에게 절을 하는 모습들 말이다. 새까맣게 탄 몸으로 릭샤를 끌고 있는 아저씨부터 갠지스 강변에서 발가벗고 수영하는 아이들을 정말 두 눈으로 볼 수 있을까?

인도, 그 실상: 정말 인도에 가면 역사의 한 페이지로 들어간 기분이 든다. 도로 위를 걷는 소, 골목길을 막고 있는 소, 대로 한복판에서 잠을 자는 소, 그리고 아무렇지도 않게 소를 피해 다니는 사람들. 소를 숭배하는 나라가 맞구나 싶을 것이다. 갠지스강에서는 목욕하는 사람들과 빨래하는 사람들, 그 바로 옆에서 용변을 보는 사람도 볼 수 있는데 가끔 눈을 의심할 만한 상황을 목격하기도 한다. 천으로 된 속옷을 입고 다이빙하는 아이들 그리고 좀 떨어진 곳에서 시체를 화장하고 있는 풍경. 정말 각양각색의 모습을 볼 수 있다.

인도, 나의 환상: 인도의 문화는 다른 나라들과 비교 불가한 정도로 흥미로울 거라는 기대가 있다. 전 세계에는 230개가 넘는 수많은 나라가 있지만, 인도는 유럽의 프랑스나 이태리, 스페인 혹은 아시아의 홍콩, 싱가폴, 라오스 같은 곳보다 훨씬 더 특별하리란 환상.

인도, 그 실상: 백문이 불여일견이고 백견이 불여일행이라고 꼭 직접 인도에 가서 느껴 봤으면 좋겠다. 인크레더블 인디아를…! 인도는 직접 가지 않고는 알 수 없는 나라이다.

인도, 나의 환상: 인도에서는 아무리 사기를 당하지 않으려 신경 쓰고 조심해도 사기를 당할 수밖에 없다는데, 정말일까?

인도, 그 실상: 하루는 이런 일이 있었다. 델리 주변 성곽을 관광하는 하루짜리 투어를 예약하고자 한 업체를 찾아갔는데 수염을 기른 40대 아저씨가 환하게 잇몸 웃음을 지으며 나를 반겨 주었다. 그러면서 택시와 입장료, 점심 식대 등을 포함하고 있는 패키지를 제시했다. 아저씨는 7,000루피만 달라며 자기가 단언컨대 델리 그 어느 투어 업체도 이 가격보다 저렴하게 해 주지 않을 거라며 호언장담하였다.

내가 잠시 망설이니 혹시라도 자신들보다 저렴하게 하는 곳이 있다면 자기를 신고해서 감방에 보내라 했다. 나는 한두 군데만 더 보고 온다고 말했는데 그가 갑자기 내 팔을 붙잡고 다른 데 알아봐 봤자 헛수고라며 제발 자신과 계약해 달라고 얘기했다. 뿌리치고 나와 바로 30미터 남짓 반대편에 있는 투어 업체에 가서 같은 조건의 패키지 가격을 물으니 6,000루피에 해 준다고 했다. 이 일 말고도 수없이 많은 에피소드가 있었는데 보면 알 수 있듯이 인도에선 특히 조심 또 조심해야 한다.

영화 김종욱 찾기의 블루시티 조드푸르

인도에서 울려 퍼진 We Love Nepal

　　북인도에 위치한 지방 마날리에서 봉고차를 타고 10시간 이상 달리면 최대 고산도시인 레(Leh)에 도착할 수 있다. 새벽 3시부터 험준한 낭떠러지 길을 달려 오후 1시쯤 레에 다다랐다. 차가 흔들려 잠도 이루지 못해 속이 메스꺼웠다. 사실 내가 이곳에 온 이유는 어릴 적 봤던 인도 영화 〈세 얼간이〉의 마지막 장면 때문이었다. 그 장면의 촬영지인 판공초를 직접 가 보고 싶었다. 그리고 고산 지역인 인도의 레에서 립마크와 응원 영상을 촬영한다면 분명 뜻깊으리라 생각했다.

　　레를 돌아보고 나서 'We Love Nepal' 프로젝트를 위해 주변을 탐색했다. 어디에서, 누구의 영상을 찍는 게 좋을까 고민하던 나는 학교를 찾기 시작했다. 한국과 일본, 중국과 대만처럼 인도와 네팔은 그다지 우호적인 관계가 아니다. 인도와 네팔은 과거 외교 및 군사적 문제로 몇 차례 관계가 악화되었던 적이 있기 때문이다. 세계가 발전하며 사회 분위기도 상당히 바뀌었지만, 과거의 부정적인 감정을 아직 잊지 못한 어른들도 많다. 두 국가의 아픔을 완벽히 이해한 것도 아니면서 인도인들에게 네팔은 이웃 나라이니 그들을 위로하고 도와야 한다고 말하긴 망설여졌다. 고민하던 나는 영상에 아이들의 목소리를 담기로 했다. 국가

간의 오랜 감정 갈등을 뛰어넘은 순수하고 진실한 아이들의 마음이 네팔 사람들을 넘어 인도 사람들에게도 전해지길 바라는 마음이었다.

레에서 학교를 찾는 일은 그리 어렵지 않았다. 두세 차례 사람들의 도움을 받아 나는 인도 라다크의 한 여학교에 도착했다. 나는 곧바로 선생님으로 보이는 사람에게 달려갔다. 그리고는 내 프로젝트의 취지와 목적에 관해서 설명하기 시작했다. 처음엔 상당히 떨렸는데 레에 오기 전에 몇 번 거절당했던 탓인지 오기인지 모를 자신감이 차올랐다. 이번에도 거절이면 또 다른 학교를 찾아야지 하며 대답을 기다리는데 내 예상과는 다른 답이 들려왔다. 선생님의 반응은 굉장히 긍정적이었다. 선생님은 따뜻한 어조로 천천히 말을 이었다.

"킴, 몇 개월 전에 네팔에 대지진이 일어난 건 너무나도 잘 알고 있어. 물론, 우리 국가와 네팔이 친하다고는 말할 수 없지. 하지만 나는 인도의 이웃 나라인 네팔을 돕고 싶고 그들이 하루빨리 어려움에서 벗어나기를 바라. 우리 반 아이들 모두와 함께 네팔을 응원하는 영상을 찍고 싶은데 그렇게 해도 될까?"

나는 내 귀를 의심할 수밖에 없었다. 학교 내의 촬영을 허락받으면 몇몇 아이들을 모아 일일이 설명한 뒤 영상을 찍을 생각이었다. 그런데 선생님의 대답은 단순한 수락을 넘어 수십 명의 자기 반 아이들과 함께 나의 프로젝트에 동참하겠다는 말이었다. 나는 너무 기뻐 고개를 깊이 숙이며 고마움을 표했다.

검은색 모자를 쓴 남자가 낡은 카메라를 들고 교실에 들어서자 조용하던 아이들이 웅성대기 시작했다. 선생님은 아이들에게 짧게 내 소개를 전하고 'We Love Nepal' 프로젝트에 관해 설명해 주었다. 내가 왜 네팔을 도우려 하는지 그리고 이 영상과 입술마크가 왜 의미가 있는 것인지 이야기한 뒤 선생님은 아이들에게 'We Love Nepal' 프로젝트에 동참할 것인지 물었다. 아이들은 선생님의 질문이 끝나기 무섭게 큰 소리로 "Yes"를 외쳤다.

나는 아이들과 구호와 동작을 맞춰 두어 번 촬영 연습을 한 뒤 말했다.

"여러분의 모국어로 네팔을 응원해 준다면 네팔 사람들이 더 힘이 날 것 같아요. 여러 번 찍으면 더 좋으니까 한 번은 영어로 그리고 다른 한 번은 인도어로 네팔을 응원해 줘요!"

아이들은 고개를 끄덕이며 알겠다고 대답했다. 나는 카메라를 들고 "하나, 둘, 셋" 하고 구령을 외쳤다. 아이들은 내 신호가 떨어지자 이구동성으로 "We Love Nepal"을 외쳤다. 그리곤 한 명 한 명 입술마크를 찍은 종이를 나에게 내밀었다. 아이들은 마치 친한 친구가 어려움에 처한 듯 적극적이었다. 나는 그 소중한 마음들을 카메라에 담았다. 아이들의 환한 미소와 진실한 마음이 네팔에 고스란히 전해지기를 바랐다.

512일간의 여행

　　내 여행은 512일간 지속되었다. 1,200만 원이라는 적은 돈으로 여행을 시작하였고 혹자는 3개월 유럽 여행에서 다 쓰고 온다는 금액이었다. 이 금액으로 장기 세계 여행을 이어나갔다. 이 책에 기록되지 않은 수많은 여행을 경험하였다. 하루하루 새로운 사람을 만나고 새로운 장소에서 수많은 에피소드를 경험하였다. 이 여행은 네팔 사람을 목적으로 한 여행이 아닌 온전히 나의 행복을 위해 내 경험을 위해 직장을 그만두고 떠난 내 행복 찾기 여행이다. 이 여행 중 네팔 사람들을 위한 에피소드도 많았지만, 알바니아에서 히치하이킹을 하고 터키에서 제일 많은 나라를 여행한 쿠랄이라는 사람 집에서 카우치 서핑을 하고 케냐 마사이마라 부족에게 검은색 나이키 티셔츠와 사자 이빨 목걸이를 교환한 일, 남미에서 토레스 델 파이네 트레킹 중 미치도록 먹고 싶었던 비빔냉면을 먹은 일 필리핀 현지인 친구들과 바다에 놀러 가 해파리에 쏘이고 여행 경비를 아끼기 위해 3박 4일 마추픽추 트레킹을 여행사에 홍보 동영상을 만들어 준다는 조건으로 300달러를 세이브했던 에피소드 등 수많은 경험을 하였다. 마음 같아선 이 책 한 권에 수많은 여행 이야기를 담고 싶었지만 그렇게 할 수 없었다. 그래서 네팔과 관련된 에피소드 외에도 수많은 여행기 중 기억에 남는 몇몇 에피소드를 담으려 한다. 자 이제 그 스토리가 시작된다.

　　인도 여행 중 세 얼간이 엔딩에 나오는 판공초를 여행하였고 바라나시의 갠지스강 등 인도에 맨살을 경험하였다. 그리고 다시 델리로 돌아와 세계에서 가장 높은 빌딩인 부르즈칼리파가 있는 두바이를 경유해 불타오르는 활화산을 보고 느낄 수 있는 에티오피아로 향하게 된다.

다나킬에서 불타는 활화산과 마주하다

　　활화산 투어는 나의 위시 리스트 중 한 가지였다. 대자연의 끝판 왕이라는 활화산을 경험한다는 기대감에 에티오피아로 오기 전 며칠 밤을 뒤척였다. 10월의 에티오피아는 약간의 한기가 느껴질 정도로 쌀쌀했다. 아프리카는 1년 365일 여름 날씨일 줄 알았는데 아니었다. 나는 겉옷 자락을 여미며 주위를 둘러보았다. 택시를 타려고 공항 밖으로 나오니 택시 기사로 보이는 사람들이 하나둘 내게 다가왔다. 싸게 해 줄 테니 타라는 말 같았다. 나는 금세 서너 명의 기사에게 둘러싸였다. 그중 가장 인상이 좋은 기사님께 짐을 건네며 가격이 저렴한 숙소로 데려가 달라고 말했다. 차 안에서 밖을 보니 아프리카의 풍경도 일반 도시와 별반 다르지 않았다. 아스팔트로 포장된 도로 그 위를 달리는 수많은 자동차, 꽤 높은 건물들이 상상했던 아프리카의 모습과 사뭇 달랐다. 아디스아바바의 밤거리를 구경하다 보니 어느새 숙소에 도착해 있었다.

　　나는 아디스아바바에서 하룻밤 자고 에티오피아 최북단인 다나킬로 향했다. 내가 계약한 투어사는 ETT(Ethiopia Travel Tour) 여행사였다. 'ETT'는 다양한 여행 상품과 관광 상품을 제공하는 에티오피아의 대표 업체다. 보통 다나킬 활화산 투어는 3박 4일로 이루어져 있다. 첫째 날은 기암석들이 즐비한 곳을 구경하고 야외에서 매트를 깔고 별들을 보며 잠을 청한다. 둘째 날은 유황지대에 가서 유황 연못을 구경하고는 이동해서 현지인들이 사는 집 같은 건물에서 잠을 잔다. 활화산을 구경하는 건 맨 마지막 날이다. 다나킬 활화산 투어 일정은 시기에 따라 순서가 바뀌는데, 나의 경우엔 시기가 잘 맞았는지 위에서 말한 오리지널 플랜으로 진행됐다.

ETT에서 알려준 집합 장소엔 이미 다양한 국적의 사람들이 모여 있었다. 우리는 비바크용 침낭과 최소한의 짐을 챙겨 화산으로 향했다. 지프를 타고 몇 시간 동안 황폐한 땅과 메인 베이스캠프를 지나 오프로드를 달렸다. 햇볕이 너무 뜨거워 저녁 5시 반 일몰 후 출발한다는 말을 들었을 땐 이렇게 깜깜할 줄 몰랐다. 약속된 일몰 후 시각이 되자 사방이 한 치 앞도 보이지 않는 어둠이었다. 잠시 쉴 때 헤드 랜턴을 끄고 고개를 들면 바로 머리 위에 있는 수없이 많은 별과 은하수를 볼 수 있었다. 일렬로 줄지어 헤드 랜턴에 의존해 한 걸음 한 걸음 내딛는 우리는 활화산 원정대 같았다. 마치 큰 임무를 수행하기 위해 온 기분이었다.

얼마간 걸었을까? 저 멀리 연기를 내뿜는 화산의 형체가 보였다. 화산은 마치 올 테면 와 보라고 나를 자극하듯 이글거렸다. 3시간의 트레킹 끝에 마침내 활화산에 도착했다. 얼굴에 뒤범벅된 땀이 화산의 열기 때문인지 긴 트레킹 때문인지 알 수 없었다. 내 인생 처음이자 마지막으로 화산을 눈에 담았다. 지구상에 존재하는 활화산 중 인간이 가장 가까이서 볼 수 있다는 에르타알레 활화산이었다.

수천 년 전 폼페이의 화산이 터지기 직전 모습이 이랬을까? 무섭게 마그마를 내뿜는 모습에 섬뜩 두렵기도 했다. 나는 자연의 장엄함과 경이로움에 도취해 하늘로 치솟는 불기둥을 바라보고 있었다. 말로 그 색을 표현하자면 분명 붉은색이지만, 황금빛을 띠고 있었다. 눈이 시

다나킬에서 불타는 활화산을 마주하다

큼했다. 보면 볼수록 이 지구상에 나라는 존재가 얼마나 작은 것인지 느껴졌다. 그렇게 밤 11시까지 분화구 옆에 있다가 간단히 끼니를 때우고 화산으로부터 20분 거리쯤 떨어진 곳으로 내려왔다.

침낭을 깔고 하늘의 은하수와 수천 개의 별을 바라보며 잠을 자려는데 갑자기 별똥별이 떨어졌다. 밝고 분명한…! 다른 사람들은 침낭을 까느라 제대로 보지 못한 것 같았다. 끊임없이 들려오는 활화산의 포효에 괜히 화산이 터져서 죽으면 어쩌나 쓸데없는 생각도 들었지만, 그간 쌓인 피곤 때문인지 침낭에 들어가자마자 잠이 들었다. 다음 날 새벽 나는 다행히 살아 있었고 화산재는커녕 벌레도 물리지 않았다. 나는 일어나 5분 정도 걸어 화산을 바라다보았다. 활화산은 여전히 뜨겁게 끓고 있었다. 그렇게 화산을 바라보고 있으니 내가 밟고 있는 땅이라고만 생각했던 지구가 정말 살아 숨 쉬고 있는 것처럼 느껴졌다.

함께 활화산에 오르며 그새 정이 들었는지 우리 다나킬 활화산 원정대는 이런저런 수다를 떨었다. 함께 산을 올랐던 친구 두 명 역시 내 프로젝트에 동참해 주었다. 멋진 영상을 남기고 나는 가벼운 마음으로 하산했다. 어릴 적부터 동경해왔던 '활화산'을 보고 나니 어떤 관문을 통과한 듯이 후련했다. 인간 김민우가 한 뼘 더 성장했음을 느끼는 순간이었다. 어느 나라에서는 오랜 꿈이 현실이 되고 어느 나라에서는 예상치 못했던 경험을 통해 또 다른 꿈을 꾸게 된다. 새 친구들이 늘어가고 "We Love Nepal" 프로젝트의 영상이 쌓여 간다. 나의 여행은 이렇게 이어지고 있었다.

비행기 타면 2시간이래도 저는 55시간 버스를 탑니다

에티오피아 최북단 메켈레에서 아디스아바바로 이동했고 아디스아바바에서 모얄레로 버스를 타고 육로로 왔다. 그때가 아마 새벽 4시 반쯤. 모얄레에서 나이로비로 가는 버스에 올라탔다. 하필 내가 앉은 좌석 바로 아래가 엔진룸이었는지 발이 다 익는 줄 알았다. 그렇게 17시간을 달려 밤 9시쯤 나이로비에 다다랐다. 갈림길에 진입하던 버스가 갑자기 급정거했다. '끼익! 쾅!' 하는 소리가 들렸다. 교통사고가 났다. 큰 사고는 아닌지 충격이 심하진 않았다. 밖을 내다보니 상대 차량은 버스를 피하려다가 가드레일을 박은 것 같았다. 보통은 사고가 나면 차를 세우고 밖으로 나가서 상황을 확인하는데 놀랍게도 이 버스 기사는 뒤도 안 돌아보고 그대로 가던 길을 갔다.

그렇게 10분쯤 갔을까? 목적지에 가까워진 탓인지 도로에 차가 많았다. 교통 체증 때문에 약속된 시각에 도착하지 못할 것 같았다. 그때 한 남자가 버스로 달려왔다. 그는 두 손으로 버스를 쳐댔다. '쾅쾅 쿵쿵' 사고 차량의 운전자 같았다. 기사는 못 들은 척 운전을 계속했다. 남자를 지나쳐 조금 달렸을 무렵 한 견인차가 달려오더니 영화에서처럼 버스 앞을 가로막았다. 버스가 멈추자마자 한 남자가 버스에 올라타 버스 기사를 끌어 내렸다. 그들은 밖에서 심한 욕 같은 말을 주고받으며 소리 지르며 싸우다가 어디론가 사라졌다.

승객들은 어찌할 줄 모르고 기다리다가 30분이 지나도 기사가 돌아오지 않자 하나둘 짐을 꺼내 갈 길을 갔다. 나도 짐을 찾아 숙소로 향했다. 메켈레에서 아디스아바바 13시간, 아디스아바바에서 모얄레 25시간, 모얄레에서 나이로비까지 17시간. 버스 탄 시간만 총 55시간이었다. 이제 마사이마라까지 5시간만 더 가면 진짜 동물들을 볼 수 있었다.

혹자는 말한다.

비행기 타면 2시간도 안 걸리는데 뭐하러 버스를 타고 가냐고.

나는 말한다.

로컬문화를 제대로 체험하고 싶다고.

사실 이건 뒷전이고 비행기 탈 돈이 없다. 아디스아바바에서 나이로비 비행기 푯값 28만 원 버스로는 5만 원. 돈 아끼고 별 탈 없이 목적지에 도착할 수 있으면 좋은 거다. 버스 안에서 정을 나누는 즐거움도 빼놓을 수 없다. 장거리 버스를 이용하는 외국인이 드물어서인지 현지인들은 많은 관심을 보내 주곤 했다. 싸 온 과일이나 과자를 나눠 주고 이런저런 대화를 주고받다가 그들과 재밌는 동영상을 찍기도 했다.

한번은 버스가 잠시 멈춰 때마침 밥때라 이것저것 사 먹고 돌아갔는데 저 멀리 버스가 출발하는 게 보였다. 내가 버스를 따라잡기도 전에 버스가 멈추기에 승객 확인을 이제야 했나 보다 했는데 알고 보니 현지인들이 일본인 한 명이 없어졌다고 소란을 피워 버스가 멈춘 것이었다. 난 누가 봐도 한국 사람인데 싶어 억울하기도 했지만, 덕분에 다시 버스를 탈 수 있었다. 비행기에서는 결코 경험할 수 없는 일들이다. 물론 비행기가 더 편하지만, 편한 여행보다는 힘든 여행이 나중에 더 기억에 남는 것 같다.

케냐 마사이마라에서 살아 움직이는 야생 동물들을 보았고 내 나이키 티셔츠에 관심을 보이는 마사이족 사람과 물물교환을 했다. 사자 이빨로 만든 목걸이와 나이키 티셔츠! 왠지 큰 이득을 본 기분. 케냐 다음은 이집트였다. 낙타를 타고 피라미드도 보고 카이로 박물관에서 미이라도 봤다. '배낭여행자들의 블랙홀'이라는 다합에선 바닥이 안 보이는 블루홀 스쿠버다이빙과 프리다이빙을 즐겼다. 이후 아주 복잡한 수속을 마치고 샴엘세이크 공항에서 비행기를 타고 유럽 땅 터키 이스탄불로 넘어갔다. 터키에서는 여행 방송으로 유명한 쿠랄이라는 방송인의 집에서 카우치 서핑으로 3일을 지냈다. 쿠랄의 도움으로 터키학교에서 'We Love Nepal' 프로젝트의 비디오도 촬영할 수 있었다. 불가리아와 루마니아, 몰도바, 우크라이나에서 많은 인연을 만나고 영상들을 찍었다.

그렇게 어찌어찌 폴란드에는 도착했는데, 수중에 돈이 하나도 없었다. 앞으로의 일정을 생각하면 게스트하우스는 고사하고 제대로 된 밥 한 끼 먹기도 부족했다. 세계 일주에는 턱없이 모자란 예산으로 한국을 떠나올 때부터 예견했던 순간이었다. 아무리 돈을 아낀들 추가 수입이 없는 한 언젠가는 바닥나리란 걸 알고 있었지만, 막상 현실이 되니 더욱 막막했다.

폴란드 11월 평균 최저기온은 0.3도. 어디서 자야 할까? 끼니는 어떻게 해결해야 할까? 폴란드에 오기 전부터 여행 커뮤니티 어플을 이용해 바르샤바에 사는 사람들에게 카우치 서핑을 신청해 두었는데 내 요청을 수락해 준 사람은 아무도 없었다. 나는 갈 길을 잃고 바르샤바 거리를 배회했다. 어플의 새로 고침 버튼을 반복해 눌러댔지만, 달라지는 건 없었다. 춥고 배가 고팠다. 11월의 해는 짧았다. 이대로 가다가는 정말 길바닥에서 잠을 자게 될 수도 있겠다는 생각이 들었다. 그제야 퍼뜩 정신이 들었다. 나는 지나가는 사람들을 붙들고 사정하기 시작했다.

"저기요! 죄송합니다. 제 얘기 좀 들어주세요. 저는 지금 세계 일주를 하고 있어요. 당장 지낼 곳이 없어서 그러는데, 어디든 좋으니까 추위만 좀 피하게 도와주시면 안 될까요?"

벼랑 끝에 몰리니 민망하지도 않았다. 차디차게 거절당해도 별로 무안하지 않았다. 거절당하면 지푸라기 잡는 심정으로 다른 사람에게 갔다. 그렇게 현지인 다섯 명에게 퇴짜를 맞았다. 또 한 행인에게 거절당하고 돌아서자마자 내 옆을 지나가는 키 큰 남자가 보였다. 나는 그를 붙잡고 다시 말했다.

"부탁입니다. 당장 지낼 곳이 없어서 그러는데, 어디든 좋으니까 추위만 피하게 도와주실 수 없을까요? 저는 세계 일주를 하고 있는 사람입니다. 부탁드려요…."

남자는 가만히 나를 쳐다봤다. 눈도 안 마주치고 지나쳐가던 사람들과는 달랐다. 나는 그에게서 어떤 대답이 돌아올까, 심장이 쿵쾅쿵

쿵 뛰기 시작했다. 곧 그의 얼굴에 친절한 미소가 감돌았다. 내가 말을 하고 대답을 듣기까지 3초쯤 지났을까? 그가 입을 열었다.

"좋아. 우리 집으로 가자!"

그러면서 그는 넌지시 한국 사람을 처음 만나 본다며 대신 한국 얘기나 좀 많이 해 달라 했다. 한국 이야기야 뭐, 밤을 새워서라도 할 수 있는데 말이다. 따뜻한 방에 들어갈 생각을 하니 벌써 몸에 온기가 돌았다. 얼었던 마음까지 사르륵 녹는 기분이었다. 우리는 도란도란 말을 주고받으며 그의 집으로 향했다.

"정말 고마워! 우리 아직 통성명을 안 했네. 내 이름은 킴이야, 넌?"

"피터라고 불러. 간단하지? 나는 단순한 게 제일 좋아!"

185센티 정도 되어 보이는 큰 키에 훤칠한 외모, 날씬한 몸매의 피터는 20대 초반에 결혼해서 사랑하는 아내가 있었다. 대화할 때마다 미소 지으며 상대방의 눈을 바라보고 대답해 주는 피터가 너무나도 젠틀하게 보였다. 피터는 집에 들어오자마자 나에게 따뜻한 차 한 잔을 내어 줬다. 나는 피터가 준 차를 마시며 앉아 그가 궁금해했던 한국에 관해 이야기했다. 한국의 문화나 한국의 풍경을 떠올리며 향수에 젖었다. 피터는 그사이 함께 먹을 식사를 준비했다. 부엌에서 도마를 토드락거리는 소리가 들려오고 곧이어 양파 볶는 냄새가 풍겼다. 피터네 집은 10평 정도 되어 보이는 작은 집이었다. 한쪽 방에는 낡은 장롱이 보이고 부엌에는 작은 식탁이 하나 놓여 있었다. 큰 집은 아니었지만, 아늑함을 느낄 수 있는 공간이었다. 한 15분쯤 지났을까? 피터가 양손에 스파게티를 한 가득 담은 접시를 들고 부엌에서 나왔다. 피터가 접시를 내려놓는 동작에 맞춰 내 눈이 위에서 아래로 움직였다. 군침을 삼키는 내 표정을 보았는지 피터는 내게 어서 먹으라고 손짓하였다.

나는 허겁지겁 스파게티를 먹었다. 추운 겨울날 온종일 길거리를 배회하며 아무것도 먹지 못했던 내게 피터의 요리는 인정 그 자체였다. 나의 기본 신상을 입증해 둔 어플로도 카우치 서핑을 수락받기 어려웠는데 길거리에서 처음 본 외국인에게 이렇게 큰 도움을 주다니…. 피터에게 너무도 고마웠다. 나는 계속해서 신세를 지는 게 미안해서 배낭을 뒤져 선물할 만한 물건을 찾았다. 뭔가 의미 있는 선물을 주고 싶었다. 자연을 좋아하는 피터에게 다나킬 활화산에 가서 주운 구멍이 송송 난 현무암과 이집트에서 산 파피루스로 만든 책갈피를 건넸다. 혹여 마음에 들지 않으면 어쩌나 굉장히 떨렸다. 다행히 피터는 활짝 미소 지으며 선물이 너무나 마음에 든다고 말해 주었다.

우리는 음식을 먹고 맥주 한 캔을 기울이며 밥을 먹느라 못다 한 이야기를 나누었다. 몸과 마음이 편안해지자 다음 일정에 대한 걱정이 스멀스멀 올라왔다. 나의 다음 목적지는 핀란드의 내륙 지방에 위치한 도시인 탐페레였다. 노르웨이의 트롬쇠나 핀란드 북부 지역의 라플란드처럼 오로라를 보기에 최적의 장소는 아니었지만, 날이 맑은 겨울밤이면 오로라를 볼 수도 있다는 탐페레 말이다. 탐페레의 11월, 12월 체감 기온은 영하 2도 이하. 지금 내가 입은 옷차림으로 갔다가는 당장 냉동인간이 될 것만 같았다. 나는 한탄하듯 말했다.

"다음 국가가 핀란드인데 옷이 너무 얇아서 걱정이다."

내 말을 들은 피터가 자리에서 일어나 옷장 앞으로 나를 이끌었다. 피터는 옷장에 들어갈 기세로 서랍들을 헤집기 시작했다. 피터는 내의부터 목도리, 패딩, 점퍼, 털모자 장갑 등을 꺼내서 나에게 주었다. 금

바르샤바에서 만난 피터와의 대화

세 내 품 안에 겨울 옷가지들이 가득 찼다. 이러길 바라고 한 말이 아니었다. 나는 피터에게 미안해서 어쩔 줄 몰랐다. 자신이 건넨 옷들을 받아 들고 가만히 서 있는 나를 발견했는지 그 친구가 먼저 입을 열었다.

"킴, 이것들은 내가 안 입는 옷들이야. 뭘 망설이고 있어? 난 너의 첫 번째 폴란드 친구고 넌 나의 첫 번째 한국인 친구야. 만약 우리 상황이 뒤바뀌어 내가 한국에서 너를 만났더라면 너도 나에게 똑같이 해줬을 거 아니야?"

나는 피터의 말에 감동하지 않을 수 없었다. 그런데도 부담스럽고 미안한 마음은 가시질 않았다. 내가 그래도 받을 수 없다며 옷가지들을 내려놓자, 피터는 말없이 나를 꼭 껴안으며 말했다.

"킴, 내 성의를 무시하지 말아 줘."

피터의 진심이 전해졌다. 그제야 난 고개를 끄덕이며 친구가 내어준 귀한 옷들을 다시 받아들었다. 그 후로 며칠 동안 나는 피터의 집에 머무르며 바르샤바를 여행했다. 폴란드를 떠나던 날, 피터는 새벽같이 일어나 집 앞에 서 있던 125cc쯤 되어 보이는 작은 오토바이에 시동을 걸었다. 버스터미널까지 직접 태워다 주고 싶다는 것이었다.

'부르릉'

다음 여행지를 향한 기대보다 피터를 향한 고마움이 더 컸다. 폴란드를 떠나기가 아쉬웠다. 오토바이의 배기음이 나와 피터가 헤어질 시간이 다가왔음을 알려주는 듯했다. 그렇게 20분쯤 달렸을까? 금세 오토바이는 버스터미널에 도착해 있었다. 우리는 바르샤바를 떠나는 버스 앞에서 뜨거운 포옹을 나눴다. 출발 시각이 가까워 나는 곧장 버스에 짐을 실었다. 그렇게 버스에 올라타려는데 피터가 내 어깨를 붙잡았다.

"KIM Please remember me, Don't forget me."(킴, 나를 기억해 줘. 부디 날 잊지 마.)

그 말을 듣는 순간 온몸에 소름이 돋았다. 피터와 함께했던 짧지만 즐거웠던 바르샤바의 추억들이 주마등처럼 머리를 스쳐 지나갔다. 목이 메어서 말이 나오지 않았다. 나는 피터의 손을 붙들고 고개를 끄덕이며 생각했다.

'그래, 안 잊을 거야 피터. 넌 나의 첫 번째 폴란드 친구… 아니, 가장 친한 폴란드 친구니깐.'

나는 자리를 찾아 앉았다. 버스 창밖으로 피터가 손을 흔들었다. 곧이어 버스가 출발했다. 피터는 내가 보이지 않을 때까지 그 자리를 지키고 서 있었다. 여행을 다니며 알게 된 사실이 있다. 세계 곳곳에는 나쁜 사람들이 정말 많다는 것. 하지만 분명한 건 나쁜 사람들보다는 어려움에 처한 이방인을 도우려는 사람이 더 많다는 것이다. 나 역시 후자이고 싶다.

스위스에서 만난 흑인형한테 납치되다(?)

많은 기대를 안고 탐페레에 도착했지만, 오로라는 보지 못했다. 헬싱키에는 허스키와의 추억이 있다. 카우치 서핑 호스트 집에 들어가니 호스트는 나를 보자마자 집 열쇠를 건네주고서 여자친구와의 약속 시각에 늦었다며 내 몸통만 한 허스키를 잘 부탁한다 말하곤 집 밖으로 뛰쳐나갔다. 나는 그 큰 개가 내 칫솔을 물어뜯는 걸 바라보며 호스트를 기다릴 수밖에 없었다. 이후에 헝가리 부다페스트에서 만난 듬직한 채영이와 함께 여행했다. 채영이와 난 세르비아, 마케도니아, 그리스를 여행하고 알바니아에서 깍두기 형님들 차를 얻어타고 몬테네그로로 넘어간 뒤 버킷 리스트였던 '히치하이커 태워 주기 목표'를 위해 제일 저렴한 자동차를 빌려 보스니아와 크로아티아의 히치하이커들을 목적지까지 태워다 주었다. 채영이와는 슬로베니아와 오스트리아에 도착한 뒤 헤어졌고 난 다시 혼자가 됐다. 제네바에선 몇 년 전 우리 집에 묵었던 스위스 친구네 집에 묵었다. 친구와 나는 그간의 이야기를 주고받으며 3일 동안 많은 추억을 다시 쌓았다. 그리고 파리로 가기 위한 채비를 마쳤다.

스위스 제네바에서 프랑스 파리까지의 거리는 약 400킬로미터이다. 비행기를 이용하면 1시간 거리이지만, 다소 부담스러운 금액이었다. 버스나 기차를 이용해도 비슷했기에 나는 히치하이크를 시도하기로 했다. 제네바 국도에서 히치하이크를 시도하였지만, 쉽지 않았다. 멈춰선 차들은 모두 목적지가 달랐다. 시간이 조금 흐르니 지나가는 차가 눈에 띄게 줄어들었다. 발을 동동 구르고 있다가 도롯가에 털썩 주저앉았다. 멍하니 차를 기다리다 보니 허기가 졌다. 고개를 돌리니 지역 사람들만 이용할 것 같은 소규모의 마트가 보였다. 나는 저렴한 빵이라도 몇 개 사 오려 마트로 향했다.

마트에 거의 다다랐을 즈음 웬 거지처럼 보이는 남자가 말을 걸었다. 행색이 별로 좋지 않은 흑인 남성이었다. 나는 속으로 '이 형 나이 차이가 꽤 나지만, 난 이상하게 형이라는 단어를 쓰고 싶다. 괜히 뭐 하나 얻어먹으려고 그러는가 보다.' 하고 생각했다. 나는 흑인형의 물음에 대충 대답하며 마트에 들어섰다. 에둘러 불편한 기색을 보이려던 찰나에 그가 나를 따라 마트에 들어오며 물었다.

"내일은 무슨 특별한 계획이 있어?"

거짓말할 이유가 없었다. 나는 솔직하게 대답했다.

"파리에 가려는데 교통편을 이용하려니 비용이 들고 히치하이크도 잘 안 되어서 고민이야."

그러자 그가 자기도 내일 파리에 가려고 했다며 같이 가자는 것이었다. 반가움보단 놀라움과 걱정이 앞섰다. 제네바에서 파리는 자동차를 이용해도 한참 가야 하는 거리였다. 그런데 거지 차림에 덩치는 산만한 흑인형이 선뜻 태워다 주겠다고 말하니 좀 겁이 났다. 납치될 수도 있겠다는 생각이 들었기 때문이었다. 스위스든 파리든 아무 연고도 없는 외국인 한 명쯤 인적이 드문 곳으로 데려가 어떻게 해 버리면 그만이었다. 영영 세상에 알려지지 않을 테였다.

근데 자세히 보니 이 흑인형이 행색은 안 좋아도 인상은 좋았다. 사기를 치거나 나쁜 짓을 할 사람처럼 보이지는 않았다. 평범한 차가 아니라 굴러가기만 하는 똥차라고 해도 태워만 준다면 차비도 아끼고 시간도 벌 수 있었다. 나는 다음 날 만나서 이상한 낌새가 보이면 대로변이니 어떻게든 도망칠 수 있으리라 확신하며 좋다고 했다. 우리는 다음 날 만날 약속을 하고 헤어졌다.

다음 날 아침, 나는 일찍부터 약속 장소로 향했다. 벽면에 붙어 있던 큰 시계에 시침은 숫자 7을 가리키고 있었고 나는 믿음 반, 의심 반으로 흑인형을 기다리기 시작했다. 그런데 약속 시각이 10분이 지나도록 그의 모습이 보이지 않았다. 나는 속으로 그가 인상 좋은 사기꾼이었음을 확정하며 스스로의 미련함을 꾸짖고 있었다. 그런데 그때 누군가가 나를 부르는 걸걸한 목소리가 들렸다.

"헤이, 킴!"

자세히 보니 전날 만났던 그 걸인 같은 행색의 흑인형이었다. 그런데 그의 옷차림이 어제와는 정반대였다. 흑인형은 말끔한 정장을 입고 한 손엔 멋있는 서류 가방을 들고는 나를 향해 반갑게 손을 흔들고 있었다. 나는 어안이 벙벙했다. 나오기만 해도 좋을 거 같다고 생각했던 사람이 멀쩡한 모습으로, 아니 멋진 모습으로 내 앞에 서 있었다. 그는 나를 이끌고 자연스럽게 주차장으로 갔다. 흑인형은 어떤 차 앞에서 멈춰 섰다. 순간 나는 내 눈을 의심했다. 벤츠 S클래스였다.

알고 보니 그는 제네바에서 사업을 하고 있는 사장님이었다. 나는 후줄근한 외형만 보고 그를 판단했던 스스로가 부끄러웠다. 나를 실은 형의 애마는 빠르게 파리로 나아갔다. 우리는 차 안에서 이런저런 대화를 나눴다. 그는 아프리카에 있는 한 작은 나라에서 자랐다. 젊은 시절 아무것도 없이 파리로 올라와 처음엔 정말 많은 고생을 했다 한다. 안 해 본 일 없이 열심히 살았다는 형의 말을 들으니 한국에서의 내 모습이 떠올랐다. 배달이며 서빙이며 공사판 막일까지⋯ 나도 언젠가 형처럼 멋진 사람이 될 수 있을까?

벌써 파리에 정착한 지 십여 년이 흘렀다며 지금은 사업이 성공해 많은 돈을 벌게 되었다고 말하는 그의 당당함에 나는 감탄할 수밖에 없었다. 형은 큰 배낭을 짊어지고 다니던데 그 배낭엔 어떤 특별한 것이 있는지, 왜 멀쩡한 일을 그만두고 세계 여행을 떠났는지, 파리에 가면 어디를 가장 먼저 가 보고 싶은지 등등 쉴 새 없이 질문하였다. 덕분에 우리는 시간 가는 줄 모르고 대화를 이어 나갈 수 있었다.

"킴, 에펠탑이 제일 보고 싶다고 했지? 마침 차도 안 막히고 일찍 도착했으니깐 에펠탑 앞에서 세워 줄게."

프랑스 국경을 넘은 자동차는 금세 파리에 도착했다. 형의 첫인상도 그랬지만, 그가 볼 땐 내 모습 역시 후줄근한 여행자에 지나지 않았을 텐데 하는 생각이 들었다. 아무 조건 없이 나를 도와준 형에게 고마웠다. 나는 여행 중 만난 사람들에게 늘 네팔 얘기를 먼저 꺼냈다. 네팔이 대지진으로 인해 겪고 있는 고통과 슬픔에 관해 이야기하고 네팔을 돕고 싶다는 내 생각을 밝혔다. 하지만 제네바에서 형을 만났을 땐 그렇게 행동하지 않았다. 누군가를 도울 처지인 사람으로는 보이지 않았던 그의 첫인상 때문이었는지, 적당한 때를 잡지 못했던 것인지는 잘 모르겠다. 어쩌면 무의식중에 좀 넉넉한 사람이나 남을 도울 수 있다고 생각해 왔던 나의 적나라한 모습을 확인했기 때문일 수도 있겠다.

스위스에서 만난 흑인형에게 납치되다(?)

그는 에펠탑이 '분명'하게 보이는 곳에 차를 세웠다. 나는 어떻게라도 신세를 갚고 싶었다.

"형, 한국에 돌아가면 꼭 이 신세를 갚고 싶어. 이메일 주소 좀 알려 줄 수 있을까?"

내가 조심스럽게 묻자 그가 대답했다.

"킴, 원래 이렇게 길 위에서 만난 인연은 하나의 추억으로 남기는 게 가장 좋아. 은혜 갚을 생각하지 말고 나중에 네가 여력이 생기면 너보다 어려운 사람들을 도우며 살아."

난 그때 스위스 제네바의 거리에서 만났던 흑인형에 대해 아는 것이 하나도 없다. 나이는 몇인지, 이름은 무엇인지, 직업이 무엇인지, 아무것도 알지 못한다. 하지만 그 형이 가슴이 뜨거운 남자였음은 분명하다. 그에게 받은 자극은 내 여행의 모습을 또 한 번 바꾸어 놓았다. 나의 여행과 프로젝트에 관해 조금 더 진지하게 생각해 보았다.

노을이 짙게 깔린 파리, 앞에 보이는 건물 너머로 에펠탑이 뜨겁게 빛나고 있었다.

내 예상보다 파리는 정말이지 너무나 아름다웠다.

볼리비아에서 여권 되찾아 주기!

볼리비아 우유니에서 '다음 목적지로 어디로 가는 게 좋을까' 고민하며 무작정 버스터미널을 돌아다니고 있을 때였다. 현지인으로 보이는 한 아줌마가 내게 한국 여권을 보여 주면서 이 여권의 주인을 아느냐고 물었다.

"저런… 분명 소매치기를 당했거나, 깜빡 잊고 여권을 놓고 간 거야."

나는 급히 여행 관련 각종 커뮤니티 사이트에 글을 올렸다. 얼마 지나지 않아 다행히 이 여권의 주인인 윤열 님과 연락이 닿았다. 아줌마에게 가서 여권의 주인과 연락이 됐다며 여권을 달라고 얘기하자 아줌마는 대뜸 200볼을(한화로 약 3만 5천 원) 달라고 요구했다. 역시나 이 아줌마의 목적은 돈이었다. 순간… 내가 왜 그 돈을 내야 하나 싶은 생각이 들었다. 난 순수하게 좋은 목적으로 여권을 돌려주려는 건데. 게다가 난 가난한 여행자인데….

하지만 이내 고민을 접고 우선 사례금을 좀 깎아 보기로 했다.

비야손에서 만난 동생과 함께 사정하자 아줌마는 150불은 줄 수 있느냐고 물었다. 나는 현금을 쥐여 주고 나서야 여권을 건네받을 수 있었다.

당시 여권의 주인인 윤열 님이 계시던 곳은 우유니에서 버스로 10시간가량 떨어진 라파즈였다. 원래 아타카마를 갈지 라파즈를 갈지 고민 중이었던 나는 마침 명분이 생겨 곧장 떠나는 차표를 끊었다. 밤 9시에 버스를 타고 아침 7시 반에 라파즈에 도착했다. 윤열 님이 계시던 한인 민박에서 픽업을 나와 윤열 님이 머무는 숙소까지 갈 수 있었다. 윤열 님은 고맙다며 여권 사례금도 주시고 하루 30불 하는 맛난 한식이 포함된 하루 숙박료도 대신 내주셨다. 알고 보니 윤열 님께는 미국을 경유해 한국으로 가는 리턴 티켓이 있었는데 임시 여권을 받으면 미국 전자비자에 인식이 안 돼 유럽을 경유해서 한국으로 가는 200만 원이 넘는 티켓을 사야 하는 상황이었다. 윤열 님은 거듭 감사함을 표현했고 우리는 한국에서 다시 만나기로 했다.

온라인에 올렸던 글을 많은 사람이 홍보해 준 덕분이었다. 내가 쓴 글을 카페 멤버에게 전체 쪽지를 돌리는 등 여러 카페와 커뮤니티에서 힘써 주었다. 나중에 보니 내가 쓴 글이 돌고 돌아 나에게도 몇 통이나 전해져 있었다. 윤열 님이 여권을 되찾을 수 있었던 것은 나의 선의 때문만은 아니었던 셈이다. 솔직히 나도 여권을 발견하고… 그냥 지나칠까 하고 망설였다. 뭐하러 사서 고생하나 싶었다. 한편으로는 괜히 일이 복잡해지는 것 아닌지 걱정도 되었다. 그러다 문득 재작년에 파리에서 누나가 여권을 도난당했을 때 고생했던 게 생각났다. 여권을 잃어버린 당사자분의 모습이 상상되니 글을 올리지 않을 수가 없었다.

결국, 되찾아 준 보람도 느끼고 그 덕분에 맛있는 한식과 예정에 없었던 라파즈의 멋진 야경을 볼 수 있었다. 혹여 여행 중에 여권이든 신분증이든 다른 여행객이 분실한 물건을 발견하거든 모른 척 지나가기 전에 내 가족이 잃어버린 것이면 어땠을까 하고 다시 한번 생각해 보자. 조금만 신경 쓰면 아주 보람찬 기분을 맞을 수 있으리라!

해발 3,800미터 태양의 섬에서 2박 3일

흑인형의 도움으로 파리에 도착해 에펠탑을 볼 수 있었다. 스페인으로 이동해 캄프누에서 꼭 보고 싶었던 메시가 뛰는 바르셀로나 경기를 두 번 직관했다. 그리고 모로코를 경유해 남미 땅을 밟았다. 그렇게 반 시계 방향으로 브라질과 아르헨티나, 칠레를 거쳐 볼리비아에서 정말 꼭~ 가고 싶었던 우유니를 보고 계획에 없던 '그 섬'에 가게 됐다.

첫째 날, 오전

태양의 섬은 원래 계획에 없던 여행지였다. 볼리비아 국경에서 만난 현웅이가 남미에 왔는데 어떻게 태양의 섬을 빼놓을 수 있느냐며 적극 추천하기에 나는 고민 없이 발을 돌렸다. 나 홀로 여행이 가끔 외롭긴 해도 마음 내키는 대로 여행 일정을 바꿀 수 있다는 점 하나는 좋다. 우리는 태양의 섬 초입까지 함께 가다가 섬에 다다랐을 즈음 나는 남쪽, 현웅이는 북쪽으로 갈라졌다.

첫째 날, 오후 그리고 밤

태양의 섬에서 만난 여행자들과 돈을 모아 보드카에 망고주스를
섞어 마시며 인생 얘기를 나눴다. 아름다운 풍경을 바라보며 마음 맞는
사람들과 수다를 즐기다 보니 금세 시간이 흘렀다. 어둑해진 하늘에 별
들이 고개를 내밀고 있었다. 문득 반대편 하늘이 번쩍하고 빛났다. 폭죽
놀이라도 하는 건가 싶어 목을 빼고 살펴보니 저쪽엔 비가 내리고 있었
다. 호수 건너편에선 천둥 번개가 치는데 내가 앉은 곳은 고요한 게 신기
했다.

4,000미터 가까운 고도에서 술도 꽤 마셨는데 머리가 아프지 않
고 말짱했다. 나는 술자리가 파하고 나서도 새벽 2시까지 별 사진을 찍
는 데 열을 올렸다. 태양의 섬에서 이번 여행 중, 아니 내 인생 중 가장
많은 별을 봤다. 남미 여행에서 가장 기대했던 게 수많은 별을 보는 것이
었는데 그 목표를 태양의 섬에서 이뤘다. 현웅이에게 고마운 마음이다.

둘째 날, 오전

섬의 남쪽에서 북쪽을 왕복하는 '태양의 섬 트레킹'을 했다. 세
계에서 가장 높은 섬이라는 태양의 섬은 그리 크지 않아서 왕복 6시간
정도면 섬을 쭉 둘러보는 데 충분하다는 말만 듣고 먹을 것 하나 없이
물 한 병 가지고 걷기 시작했다. 호수가 바다처럼 섬의 사방을 둘러싸고
있었고 하늘은 마치 손에 닿을 것처럼 가깝게 느껴졌다. 북쪽으로 3시간
가량 트레킹하다가 예상치 못했던 멋진 해변 아니, 멋진 호수를 발견했
다.

티티카카 호수에서는 열댓 명의 백팩커가 텐트를 치고 수영과
다이빙을 하고 있었다. 워낙 더웠던 터라 그들이 다이빙하는 걸 지켜보

고만 있어도 시원했다. 발이라도 담가 볼까 하는 생각에 물을 만져 보았는데 생각보다 차가웠다. 물에 들어가는 건 포기하고 백패커 무리를 구경하면서 호숫가를 맴돌았다. 그때 한 칠레 친구가 내게 소리쳤다.

"겁쟁이처럼 보고만 있지 말고 너도 뛰어들어!"

좋은 애들 같았지만, 장난기가 심했던 것 같다. 한 명이 야유하니 다들 내 쪽을 보았다. 그 친구들의 응원과 야유를 받다가 안 되겠다 싶어 바로 웃통을 벗고 신발을 집어 던진 다음 50미터가량을 달려 텀블링해 물속에 몸을 내던졌다. 그 순간 그곳에 있던 모든 이들이 나를 향해 외쳤다.

"쿨! 코리안!"

방금 전까지 나를 향해 야유하던 칠레 친구가 다가와 함께 다이빙하자며 손짓했다. 우리는 시원하게 물속으로 뛰어들었다. 숨을 몰아쉬며 물 밖으로 나온 우리는 몸을 부들부들 떨며 하이파이브를 했다. 연신 서로에게 엄지손가락을 치켜세우며 환하게 미소를 지었다.

둘째 날, 오후

젖은 몸도 말릴 겸 바닥에 주저앉아 태닝을 좀 하고 있는데 저 뒤에서 흥겨운 기타 소리와 노랫소리가 들려왔다. 나는 곧장 카메라를 들고 그쪽으로 향했다. 무리와 어울리며 기타를 연주하는 아르헨티나 친구를 카메라에 담았다. 우리는 함께 노래를 부르고 박수를 치며 어울렸다. 그들과 1시간 가까이 이런저런 농담을 주고받으며 신나게 놀다가 자리를 나서려 일어났다. 떠나는 나를 향해 친구가 된 아르헨티나와 칠레 친구들이 사랑한다며 손으로 하트모양을 만들어 흔들었다.

역시, 이런 게 여행의 맛 아닐까?

셋째 날

이른 아침, 창 너머로 햇빛이 들어왔다. 잔잔한 바람 소리를 들으며 창밖을 바라보니 아름다운 호수가 나를 반겼다. 기분 좋게 짐을 꾸려 숙소에서 나왔다. 태양의 섬을 등지고 걷다 보니 지난 3일간의 추억이 생생하게 떠올랐다. 트레킹을 하며 수많은 절경을 감상했고 멋진 여행자들을 만나 나는 무려 이틀 밤이나 예정에도 없었던 여행을 했다. 어디로 갈지, 누굴 만날지 모두 계획하고 떠난 여행에서는 절대 맛볼 수 없는 '진짜' 여행의 맛을 본 기분이었다. 귀국 후에도 기회가 된다면 다시 들르고 싶은 볼리비아의 태양의 섬.

"태양의 섬 즐거웠어. 그것도 참 많이."

저성능의 카메라로도 또렷이 찍히던 태양의 섬의 별들.

해발 3,800미터 태양의 섬에서 2박 3일

라스베이거스에서 카우치 서핑에 성공하다!

태양의 섬에서 페루로 이동하여 3박 4일간 강을 건너고 산을 넘으며 마추픽추를 경험했고 이후 계획들이 있었으나, 콜롬비아 보고타에서 비행기 날짜를 착각하여 바로 콜롬비아로 가게 됐다. 페루에서 보고타로 바로 가는 표의 가격을 보니 입이 다물어지지 않았다. 가난한 여행자인 나는 바로 마음을 접고 육로로 보고타까지 가는 방법을 물색하였고 그렇게 나는 100시간 즉, 5박 6일간 버스만 타고 간신히 보고타에 도착했다. 우여곡절 끝에 미국에 도착해 뉴욕에서 SNS로 내 여행기를 지켜보고 있던 분들을 만나 식사를 얻어먹었다. 또 배낭을 멘 나의 모습을 카메라에 담아 보고 싶다는 형을 만나 여행 중 본의 아니게(?) 멋진 스냅 사진도 얻을 수 있었다. 그렇게 뉴욕에서 시간을 보낸 후 다시 비행기를 타고 라스베이거스로 넘어갔다.

라스베이거스는 미국 여러 대도시 중에서도 손에 꼽히는 세계적인 관광 도시다. 도박의 도시 라스베이거스의 물가는 나 같은 가난한 세계 여행자에게 가히 살인적인지라 나는 카우치 서핑 어플을 이용하기로 했다. 나는 라스베이거스에 사는 2~30여 명의 사람에게 잠자리를 내어 줄 수 있겠냐는 요청을 보냈다. 시간이 조금 지나자 핸드폰 알림이 울리기 시작했다. 나의 리퀘스트에 답장이 왔다는 것이었다. 나는 설렘 반 걱정 반으로 어플을 켰다. 첫 메시지를 열었는데 의외로 내 요청을 받아들이겠다는 연락이었다. 나는 처음부터 긍정적인 답변이 온 것이 너무 기뻐 서둘러 알렉스에게(가명) 고맙다는 얘기를 하려 했다. 근데 메시지 맨 끝에 이런 문구가 있었다.

'아 참, 우리 집에서 지내려면 한 가지 조건이 있어. 넌 나와 한 침대에서 같이 자야 해. 난 게이야.'

나는 알렉스에게(가명) 미안하다는 의사를 전하고 다음 메시지를 확인했다. 알렉스 외에도 5~6명으로부터 연락이 와 있었다. 그들과 메시지를 주고받으며 일정을 맞춰 보았지만, 대부분 맞지 않았다. 내가 원하는 날짜는 힘들다는 답변들이었다. 다행히도 그중 제이슨이라는(가명) 한 친구가 나를 받아줄 수 있겠다고 했다. 들뜬 마음으로 답장을 보내려던 찰나, '띠링' 하고 제이슨에게서 메시지가 왔다.

'킴, 너를 환영해! 네가 해 줄 한국 음식들이 정말 기대된다. 난 특제 피자를 대접할게. 근데 우리 집에는 한 가지 규칙이 있어. 집 안에서는 실오라기 하나 걸치고 있으면 안 돼. 나는 나체주의자야. 괜찮지?'

제이슨에게 미안하다는 의사를 전하고 나니 맥이 풀렸다. 카우치 서핑은 세계 여러 도시의 거주자와 여행자를 연결해 주는 어플이다. 호스트는 집에 남는 공간(소파나 빈방)을 게스트에게 제공하고 게스트는 자신이 할 수 있는 답례를 하는 방식인데 나처럼 세계 여행을 하는 이들에겐 많은 도움이 된다. 숙박비를 절약할 수 있는 점 외에도 호스트에게 살아 있는 여행 정보를 얻을 수 있다는 점이 큰 장점이다. 물론 성사되기가 쉬운 건 아니다. 호스트 입장에서도 생판 모르는 사람을 집에 들이는 위험을 감수할 만큼 괜찮은 리퀘스트(게스트가 제공하는 혜택,

가령 한국의 전통문화 정보나 한국의 전통 요리 제공 같은 것들)가 있어야 하는데 거기서 발생한 생각의 차이가 카우치 서핑 계약의 걸림돌이 된다.

이후에도 초대 의사를 보이는 메시지들이 여러 통 도착했지만, 대부분 조건이(?) 달려 있었다. 그렇게 고심하던 중 '토니'라는 사람으로부터 연락이 왔다.

'킴, 네가 라스베이거스에 오는 걸 진심으로 환영해. 나는 고양이와 함께 살고 있어. 고양이 이름은 오스카야. 오스카도 너를 환영할 거야. 고양이와 함께 지내도 괜찮다면 우리 집으로 와. 킴, 너의 여행 이야기를 들을 생각을 하니 너무 설렌다!'

'고양이와 함께 지내는 것' 그것이 토니의 조건이었다. 고양이를 사랑하는 내게 그 조건은 기쁨이었다. 라스베이거스 도착 시각에 맞춰 데리러 오겠다는 토니의 메시지에서 친절함과 따뜻함이 묻어났다. 나는 다시 기운이 났다. 토니를 만나는 것도, 오스카를 만나는 것도 기대됐다.

3월 12일 나는 라스베이거스에 도착했다. 약속 장소로 가니 자동차 한 대가 내 옆에 멈춰서더니 창문을 내렸다. 토니가 나를 바라보며 웃고 있었다. 우리는 한눈에 서로를 알아봤다. 차에 짐을 싣고 토니와 나는 가벼운 포옹을 했다. 차에 타니 토니가 내게 물었다.

"라스베이거스의 공기가 어때?"
"너무 상쾌해!"

어린 시절부터 라스베이거스를 향한 환상이 있었다. 차를 타고 5분쯤 갔을까? 화려한 라스베이거스의 모습이 내 눈앞에 펼쳐졌다. 나는 연거푸 감탄했다. 그런 모습을 보던 토니가 자동차의 선루프를 열어 주며 일어나서 보라는 손짓을 했다. 나는 온몸으로 바람을 맞으며 라스베이거스의 야경을 만끽했다. 화려한 네온 조명과 높은 건물, 심지어 길게 늘어선 자동차의 불빛마저 눈이 부셨다.

신기하게도 20분쯤 지나니 화려했던 라스베이거스의 모습과는 딴판인 풍경이 펼쳐졌다. 색색의 주택들과 초록의 가로수 사이로 따뜻한 색의 가로등 불빛이 비쳤다. 강아지와 산책을 즐기는 부부도 있었고 양손 가득 식재료를 들고 걸어가는 노부인도 보였다. 나의 마음마저 여유로워졌다. 토니는 하얀 주택 앞으로 차를 돌렸다. 곧이어 차고가 열렸고 나는 주차가 끝나기를 기다렸다가 차에서 내렸다. 인기척을 들고 왔는지 토니의 반려묘인 오스카가 어느새 내 다리에 자신의 몸을 비비며 그르렁거리고 있었다.

토니는 자신의 반려묘인 오스카와 단둘이 작은 주택에 살고 있었다. 인도에서 샀을 법한 고풍스러운 양탄자가 바닥에 깔려 있었고 벽난로가 집안 분위기를 더욱 멋스럽게 만들었다. 그렇게 방 한쪽에 짐을 풀고 앉아 토니와 이런저런 이야기를 나누다 보니 벌써 저녁때가 되어 있었다. 나는 허기를 느끼며 토니에게 한국 음식을 대접하겠다 했다. 그러자 토니는 여독도 풀리지 않았을 텐데 오늘 저녁은 자신이 하겠다며 부엌으로 갔다. 그날 저녁으로 먹은 미국식 피자를 시작으로 나는 토니에게 너무도 많은 도움을 받았다.

다음 날 아침 토니는 자신도 휴가라며 함께 서부도로를 달리고 오자 했다. 우리는 서부도로를 신나게 달리고 라스베이거스 인근의 협곡들을 구경했다. 점심이라도 내가 사려 했는데 역시나 만류….

토니는 라스베이거스 카지노의 한 뷔페로 나를 데려갔다. 그곳에서 나는 여행을 통틀어 가장 다양한 음식들을 맛봤다. 커피라도 산다니까 역시나 웃으며 괜찮다고….

보통 카우치 서핑을 하면 설거지라든지 방 청소 등 집안일을 돕든가 집안에 규칙이 있어서 따라야 하는데 토니는 그런 요구가 일절 없었다. 오히려 고마운 마음에 내가 청소라도 할라치면 못 하게 말렸다. 짐도 아무 데나 놓으라고 하고 샤워실도 편하게 쓰란다. 그러면서 내 샴푸랑 수건도 아끼라며 본인 집에 있는 것들을 꺼내 줬다.

밤마다 우리는 토니표 피자를 안주 삼아 맥주잔을 기울였다. 오스카의 보드라운 털을 쓰다듬으며 나는 토니의 얘기에 집중했고 토니도 내 얘기를 잘 들어줬다. 그렇게 우리는 잠들기 전까지 여행 이야기를 나눴다. 라스베이거스에서 보내는 마지막 날 밤, 나는 토니의 친절과 배려의 이유를 어렴풋이 알 수 있었다. 그날 밤도 우리는 작은 접이식 식탁 위에 피자를 놓고 맥주를 마시고 있었다. 맥주를 한 모금 들이켠 토니가 말했다.

"킴, 자유롭게 여행하는 너를 보면 10년 전의 내가 생각나. 그땐 나도 많은 사람을 만나며 세계를 돌아다녔거든. 그러다 라스베이거스에서 직장을 구하고 집도 구하게 됐지. 지금은 사랑스러운 오스카와 함께하기 때문에 여행을 떠나는 게 쉽지 않아. 그래도 너 같은 여행자들이 우리 집에 찾아와 주는 게 고마워. 여행 이야기를 듣고 있으면 마치 내가 여행을 다니는 듯한 기분을 느낄 수 있거든. 킴, 단순히 여행만 하는 게 아니라, 네팔을 위한 멋진 프로젝트를 하고 있는 거, 정말 대단하게 생각해. 너의 여행이 언제 끝날지 모르지만, 네팔을 돕는 일이 잘 마무리되고 언제까지나 네가 건강하길 오스카와 함께 기도할게!"

토니의 품에 안겨 있던 오스카가 '야옹' 하며 나를 응원하듯 울었다. 3박 4일, 짧다면 짧은 시간이지만, 토니와 내가 친해지기에는 충분한 시간이었다. 우리가 가족 못지않은 각별한 사이라는 느낌도 받았다. 만남이 있으면 헤어짐도 있는 법. 그렇게 다음 날 나는 라스베이거스를 떠났다. 하지만 오래도록, 아니 지금까지도 그 느낌은 사라지지 않았다. 요즘도 나는 라스베이거스에 사는 가족, 토니를 그리워하곤 한다.

이집트에서 있었던 일이다. 길을 걷고 있는데 당나귀를 탄 아저씨가 다가왔다. 의문스런 눈길을 보내니 아저씨는 털털하게 웃으며 원한다면 자신의 당나귀와 사진을 찍어도 된다고 말했다. '사진 사기'는 여행 다니며 이미 여러 번 당했다. 나는 그 수법쯤 다 꿰고 있다는 듯 말했다.

"사진 찍으면 돈 내야 하는 거 아니에요?"

그러자 아저씨는 짐짓 억울하고 서럽기까지 한 목소리로 자신이 어딜 봐서 그런 사람으로 보이느냐고 되물었다. 나는 덜컥 미안함이 앞서 그저 외국인들에게 친절한 사람일 뿐이라는 그의 말을 믿어 버렸다. 사진을 찍고 인사를 하고 가려는데 그가 나를 붙잡았다. 돌아보자 그는 손을 뻗으며 말했다.

"어딜 그냥 가, 돈 내야지?"

나는 기가 막힌단 표정으로 그냥 찍어 준다 하지 않았느냐 물었다. 그러자 아저씨는 능글맞은 목소리로 자신은 괜찮은데 '동키'가 배가 고프단다. 내가 어이가 없다는 듯 헛웃음을 짓고 도망가자 그가 따라오며 '깁미 섬 팁!' 하고 소리쳤다. 나는 무서워서 왼쪽에 보이는 건물로 들어갔다. 밖에서 한동안 다그닥거리는 소리가 들렸다. 어딘지 모를 공간에서 나가지도 못하고 서성이고 있는데 가이드로 보이는 남자가 내게 다가왔다. 그는 내게 한국 사람이냐며 친근하게 말을 걸었다. 고개를 끄덕이니 그는 유창한 한국어로 말하기 시작했다.

"오, 나 한국 사람 좋아해요. 제가 사진 멋지게 찍을 수 있는 곳 알려 줄게요. 컴온컴온."

나는 이제 걸려들지 않겠다는 확고한 의지를 실어 그에게 '따라가면 돈 달라고 할 것 아니냐'고 물었다. 그는 고개를 설레설레 저으며 팁 같은 건 필요 없다 말했다. 하지만 역시나 그 가이드도 데리고 간 곳에서 열심히 사진을 찍어 주더니 손을 내밀었다. 그날 비슷한 사기꾼을 세 명이나 만났는데 이쯤 되면 일부러 걸려들었던 거라 말하고 싶다. 하하. 바가지로만 따지면 이집트도 인도 못지않다. 물론 거짓말하는 건 좀 불편하지만, 이집트 여행의 재미라고 생각하고 웃어넘기면 그만이다. 이집트는 꼭 다시 가고 싶은 여행지 중 하나다.

PART 6   다시, 한국 → 필리핀

왜 립마크와 목소리를 모으려 하나요?

2015년 4월 25일 규모 7.8의 대지진이 네팔을 덮쳤습니다. 시간이 조금 흘렀지만, 지금도 네팔의 국민은 고통과 실의에 빠져 있어요. 세계 여행 중에 네팔을 찾았을 때, 그곳에서 자원봉사를 하는 분에게 모금 성금도 물론 필요하지만, 네팔 사람들이 겪고 있는 고통에 공감하는 것이 정말 중요한 시점이라는 이야기를 들었어요.

저는 그분의 말을 듣고 네팔 사람들에게 세계인들의 사랑을 전해주고 싶었습니다. 우리 모두 그들의 아픔을 기억하고 있음을, 그들을 계속 응원하고 있음을 알려주고 싶었어요. 흔히 입술마크는 사랑을 의미하곤 하지요. 저는 세계를 여행하며 여러 나라 사람들의 립마크와 목소리를 모았습니다. 립마크란 입술마크를 포함해 립스틱으로 그린 하트마크를 말해요. 세계 일주 중인 제게 입술마크를 넘겨주는 것은 '나는 지구촌 사람들을 사랑한다'라는 의미였습니다. 립마크를 요청할 때마다 네팔의 지진 피해 상황과 한 사람의 사랑이 얼마나 필요한 시점인지 강조했습니다.

저는 세계 여행을 하며 40개 나라의 200여 명의 사람을 만나 립마크를 받고 동영상을 촬영했습니다. 다양한 언어로 "고맙고 사랑한다"라고 촬영된 '립마크' 동영상을 보고 있으면 신기하게도 그 사람들을 만났던 순간들이 생생하게 떠올라요.

하루는 필리핀에 있는 한 쇼핑몰 센터에서 립마크 프로젝트를 진행했어요. 덩치가 좋아 보이는 흑인이 있었는데 그에게 말을 걸까 말까 한참을 고민했죠. 괜히 화를 낼까 봐 걱정이 됐거든요. 거절할 거라 생각했는데 눈 딱 감고 그에게 프로젝트에 관해 설명하니 예상과는 다르게 환하게 웃으며 기꺼이 립마크를 찍어 주더라고요. 끝까지 잘 해내길 바란다며 저를 격려하던 그의 얼굴이 기억나요.

또 하루는 네팔의 한 학교를 찾아갔어요. 제 프로젝트에서 제일 중요한 아이들을 보고 싶었기 때문이었어요. 교장 선생님은 제 계획을 들으시고 무척 반겨 주셨습니다. 그분께서 도와주셔서 수월하게 학교 아이들의 립마크를 받고 동영상도 촬영할 수 있었어요. 교장 선생님은 저를 그냥 돌려보내지 않으시고 맛있는 식사와 커피를 대접해 주셨어요. 그리고 제 손을 꼭 잡으시며 네팔을 위해 힘써 줘서 고맙다는 말씀을 하셨어요. 이 밖에 수많은 사람의 응원을 받았습니다. 소중한 인연들은 제가 지치지 않고 끝까지 네팔 프로젝트를 마칠 수 있었던 원동력이었죠.

전 착한 사람도 아니고, 그다지 성실하지도 않아요. 어렸을 땐 방황도 많이 했고요. 지금도 그냥 부족한 것 많은 평범한 사람입니다. 단지 여행을 좋아해서 떠난 거고요. 흔히 사람들은 자국에서 일어난 일이든 이웃 나라나 지구 건너편에서 일어난 일이든 크고 작음을 떠나 뉴스에 보도되면 큰 관심을 보내요. 그리고 시간이 흘러 뉴스나 보도 매체에서 소개하지 않으면 언제 그런 일이 있었냐는 듯이 잊어버리지요.

저도 마찬가지였습니다. 다만, 네팔을 잊어가던 중에 저는 네팔에 갔고, 그곳에서 현실을 보았던 것뿐입니다. 제가 본 것들을 여러분도 보았다면 저와 다름없는 선택을 하셨을 겁니다. 저는 제 프로젝트를 통해서 한 분이라도 더 많은 사람이 네팔의 대지진과 그 아픔을 다시 기억해 주시길 바랐어요. 여행을 하며 마음 따뜻한 분들을 만나 대화를 나누었습니다. 각박한 세상이라고 하지만 언어가 안 통해도 소통할 수 있었고 그들의 진심을 알 수 있어 행복했습니다.

제 프로젝트는 아직 진행 중입니다. 이 인터뷰를 보시고 한 분이라도 네팔을 다시 떠올리셨다면 제 바람이 또 한 번 이루어진 셈이지요.

왜 립마크와 목소리를 모으려 하나요?

크라우드펀딩, 'We Love Nepal' 프로젝트

　　네팔을 방문하고 나서부터는 침대에 편히 누우면 네팔 사람들이 떠올랐다. 폐허가 된 도시, 흙먼지가 날리는 방 안, 수도꼭지에서 나오는 누런 흙탕물, 그리고 로젠의 얼굴…. 로젠이 떠오르면 여러 생각이 꼬리에 꼬리를 물고 올라왔다. 학교는 잘 다니고 있을지, 친구는 사귀었을지. 회상은 걱정으로 이어졌고 걱정은 앞으로의 삶에 관한 물음이 되어 돌아왔다.

　　여행을 떠나면 뚜렷한 삶의 목표가 생길 줄 알았다. 오랜 꿈을 이뤘고 무엇인가를 해냈다는 성취감도 맛보았다. 하지만 꿈은 게임 속 퀘스트가 아니었다. 하나를 이뤘다고 자연스럽게 다음 꿈이 생기지는 않았다. 당장은 네팔에 도움이 되는 일을 하고 싶었다. 로젠이 난생처음 교복을 입고 나를 바라보며 환하게 웃었을 때, 나 또한 세상을 가진 것처럼 기분이 좋았다. 하지만 네팔에는 제2의 로젠과 같은 아이가 너무도 많다. 람푸맛 씨 가족을 돕고 립마크와 응원 영상을 만드는 것으로 내 여행을 마무리 짓기에는 아쉬움이 남았다. 그 와중에 우연한 기회로 인트로페이지에서 진행하는 '작은영웅전'이라는 프로젝트를 알게 되었다. 나는 고민하지 않고 바로 제안서를 보냈다.

"안녕하세요. 저는 세계 여행 중인 김민우라고 합니다. 저는 대지진으로 고통을 겪고 있는 네팔 사람들을 돕고자 'We Love Nepal' 프로젝트를 진행하고 있습니다. 이번에 네팔을 위한 크라우드펀딩을 열어보고 싶은데 어떻게 할지 몰라 막막합니다. '작은영웅전'에 소개된다면 분명 제 프로젝트에 큰 힘이 되리라 생각합니다. 도와주세요."

나는 람푸맛 씨와 로젠을 처음 봤을 때처럼 무작정 키보드를 두드렸다. '밑져야 본전이지'라는 마음으로 이메일을 보냈다. 하지만 메일을 전송한 지 삼일이 지나도 답신이 없었다. '두서없이 쓴 메일 때문인가?', '좀 더 자세히 설명했어야 했는데', '그래, 세상에 대단한 사람이 얼마나 많은데 홈페이지는 어려울 거야.' 나는 자포자기했다. 그리고 다음 날 무심코 메일함을 조회하니 인트로페이지로부터 메일이 와 있었다. 떨리는 심장을 붙들고 천천히 메일을 읽어 내려갔다. 나를 돕겠다는 말이었다! 순간 나는 너무 기쁜 나머지 큰소리로 환호를 질렀다.

인트로페이지의 담당자와 소통하며 프로젝트 사이트를 기획하고 구상해 나갔다. 페이지에 들어갈 글을 작성하고 사진들을 추렸다. 내가 본 네팔의 모습과 로젠을 도와준 경험을 자세히 풀어서 읽는 사람으로 하여금 나의 감정을 고스란히 느낄 수 있도록 했다. 여러 크라우드펀딩 사이트를 참고해 리워드도 정했다. 아기자기하고 소장 욕심을 불러일으키는 리워드들이 많았지만, 타국에 있는 내가 작업할 수 있는 아이템은 엽서가 최선이었다. 귀한 모금액을 허투루 쓰지 않고 네팔에 전하는 게 나의 임무라 생각했다.

1만 원 이상 기부 시 세계 여행 중 찍은 사진으로 만든 엽서 5장, 2만 원 이상 기부 시 엽서 10장, 10만 원 이상 기부 시 엽서 10장과 식사, 여행 컨설팅을 제공하기로 했다. 리워드 선정을 마지막으로 내가 할 일이 전부 끝났다. 내가 할 일은 다 끝난 상태지만 과연… 이 사이트를 오

크라우드펀딩, 'We Love Nepal' 프로젝트

픈하고 나서 어떤 반응이 있을지 괜히 큰소리만 치고 아무것도 못 하게 되는 것은 아닌지 떨리고 조마조마했다. 가만히 있는 것보단 무슨 일이든 하는 게 좋다는 생각이 들었고 개인 SNS에 펀딩 사이트를 소개하고 호소의 글을 남겼다. 노트북을 닫고 생각했다.

'과연 잘될까? 괜히 일만 벌이고 모금액이 제대로 모이지 않으면 어떡하지….' 걱정스럽고 초조했지만, 고민이 오래가지는 않았다. 내 여행이 그러했던 것처럼 이번 역시 '어떻게든 될 것'이라는 믿음이 있었기 때문이었다.

'그래 내가 할 수 있는 최선을 다했어. 이제 기다려 보자!'

다시 네팔로!

"민우야. 구호 단체에 돈을 넘기는 건 아무나 할 수 있는 일이잖아. 넌 네팔도 다녀왔으면서 뭘 그렇게 고민해? 너만이 할 수 있는 일을 해 보는 건 어때?"

생각보다 많은 기부금이 모였다. 이 정도 금액이면 네팔 구호 활동을 지원하고도 로젠 같은 아이 여럿은 배움의 기회를 얻을 수 있었다. 이 소중한 돈을 어느 구호 단체에 전해줘야 정말 잘 쓰일지 고심하던 내게 여행 중 만났던 한 형님이 말했다. 어떻게 해야 할지 골머리를 앓던 나는 형님의 말을 듣고 망치로 머리를 한 대 맞은 기분이었다.

2015년 8월, 나는 네팔에서 지진이 발생한 지 수개월이 지났음에도 여전히 고통받고 있는 많은 사람을 목격했다. 당시 내가 머물렀던 숙소 옆 건물은 형태를 알아볼 수 없을 정도로 훼손돼 있었다. 그리고 그 건물 잔해더미에서 나는 벽돌을 나르던 네 살배기 로젠을 만났다. 10일 이라는 기간 동안 나는 로젠과 로젠의 가족을 돕기 위해 기부금을 모금 하였고, 그 결과 많은 분의 도움으로 로젠과 로젠의 누나 레쓰마가 2년 간 학교에 다닐 수 있게 되었다.

난생처음 교복을 입은 로젠이 짓던 환한 미소가…, 내게 와락 안기며 쑥스러워하던 레쓰마가 떠올랐다. 그때 느꼈던 행복감이 다시 한 번 밀려와 가슴이 뛰었다. '나만이 할 수 있는 일, 내가 네팔에 가야만 할 수 있는 일.' 그 일이 무엇인지는 아직 정확히 알 수 없지만, 그런 일이 분명 있을 거라는 확신이 들었다.

"그래, 다시 네팔로 가자! 가서 나만이 할 수 있는 일을 해 보는 거야! 세계여행의 첫발을 내디뎠을 때처럼 최선을 다한다면 어떻게든 될 거야. 분명 잘될 거야."

신두팔촉에 사는 내 친구 우메쉬

　지난번 네팔에 왔을 때 우메쉬라는 현지인을 만났었다. 우메쉬는 네팔 대지진 진원지인 신두팔촉에 사는 친구였다. 우리가 처음 만났을 때, 우메쉬는 별로 친하지도 않은 나에게 자신의 아픔을 이야기하며 신두팔촉에 함께 가 주면 안 되겠냐고 물었다. 나는 계획한 일정이 있고 지나치게 멀다며 그의 부탁을 딱 잘라 거절했었다. 그가 대지진 때 누나와 여동생을 잃었다는 말을 들었음에도 말이다. 그리고 오래… 오래도록 후회했다.

　'우메쉬' 다시 네팔 공항에 도착했을 때, 가장 먼저 떠오른 이름이었다. 우메쉬의 까만 피부와 유난히 깊었던 눈동자가 머릿속에 그려졌다. 나는 망설이다 그 친구에게 전화를 걸었다. 한 번 두 번… 세 번. 신호음이 울리고 받지 않는 전화를 끊으려던 찰나, 전화기 너머에서 낯설고도 그리운 목소리가 들렸다.

　"저기… 우메쉬 전화가 맞니?"
　"어, 맞아. …혹시 킴이야…?"

당연히 연결이 안 될 거라 여겼는데 단 한 번의 전화로 바로 우메쉬와 만날 수 있게 되다니. 기적 같은 일이 생긴 듯 뛸 듯이 기뻤다. 우메쉬는 곧바로 오토바이를 타고 내가 있는 곳으로 달려왔다. 우리는 만나자마자 진한 포옹을 나눴다. 형제를 다시 만난 기분이었다. 먼저 나는 작년에 그렇게 부탁을 거절해서 미안하다고 사과했다. 그리고 늦지 않았다면 지금이라도 신두팔촉에 가고 싶다고 말했다. 우메쉬는 신두팔촉이 꽤 먼 거리에 있다며 대답을 망설였다. 친구의 목소리엔 걱정 섞인 기대가 어려 있었다. 나는 고민 없이 말했다.

"우메쉬! 나는 네팔 사람들을 도우려고 다시 온 거야. 네팔 어디든 머뭇거릴 이유가 없어. 네가 같이 가 준다면 난 당장이라도 출발할 수 있다고!"

고개를 끄덕이는 우메쉬를 보고 나는 가져온 배낭 중 가장 큰 배낭을 꺼내 옷과 책, 학용품 등을 가득 담아 등에 짊어지고 그의 오토바이에 올랐다. 가는 길이 험하지 않았다면 거짓말이다. 중간에 내려 달라고 말할까 하고 진지하게 고민도 했으니까. 대지진 진원지였던 신두팔촉의 도로 상황은 정말 엉망진창이었다. 도로엔 제 기능을 하는 신호등이 거의 없었고 말 그대로 도로 위 무법지대였다. 허리가 끊어질 듯이 아팠다. 3시간 정도 달렸을까? 대지진의 순간을 증명하듯 처참하게 무너져 있는 폐허들이 하나둘 보이기 시작했다. 신두팔촉에 도착한 것이었다.

지진이 난 지 1년이 넘는 시간이 흘렀지만, 아직도 치우지 못한 잔해들이 많이 보였다. 그 폐허들 위에는 푸른 잡초가 자라고 있었다. 사람이 살 것 같이 보이는 집은 대부분 얇은 철판이나 막돌과 흙덩이로 만든 임시 집들뿐이었다. 거기서 다시 산길을 20분가량 달려 깊숙이 들어가자 우메쉬의 집이 나왔다.

친구의 아버지와 어머니께서는 수줍게 웃으며 나를 맞아 주셨다. 금세 소문이 난 건지 마을 사람들이 우메쉬의 집으로 모여들었다. 네팔의 카트만두에서 차를 타고도 6시간이나 산 고개 고개를 넘어야 도착할 수 있는 '신두팔촉', 2015년 대지진으로 인해 수많은 주민이 목숨을 잃은 곳이었다. 우메쉬의 마을에 모인 사람의 대부분은 지진으로 가족을 잃었다 했다. 하지만 그런 슬픔을 겪었다고 보기 어렵게 마을 사람들은 온화한 미소를 띠고 있었다. 그들의 웃음을 보는데도 가슴 한편이 먹먹해져 왔다. 우메쉬와 몇몇 사람들의 도움을 받아 가져온 물품과 옷가지들을 마을 주민과 아이들에게 나눠줬다.

한 명 한 명 사연 없는 이가 없었다. 어려 보이는 세 남매가 있기에 사람들에게 아이들의 부모님은 어디에 계시느냐고 여쭤보았다. 그랬더니 작년 대지진 때 두 분 모두 돌아가셨다고…. 15살 맏이인 라즌기리, 10살 어지다기리, 그리고 7살 아인말라. 나는 무심결에 맏이인 라즌기리에게 엄마, 아빠가 보고 싶지 않냐고 물었다. 해맑게 웃고 있던 아이가 갑자기 울상이 되더니 눈가에 눈물이 맺혔다. 나는 라즌기리에게 사과하며 인형 하나를 품에 안겨줬다. 인형을 받아든 아이가 다시금 미소를 보였다. 라즌기리는 가장이 되기엔 너무 어린 나이였다.

모인 사람들에게 가져온 물품을 모두 나누어 주고 나서 우메쉬가 사는 신두팔촉 사나초크 젤케니에 마을 사람들을 불러 모았다. 모두 보는 곳에서 기부금을 전달하는 게 맞다고 생각했기 때문이었다. 나는 사람들 앞에서 마을의 가장 연장자인 우메쉬의 아버지에게 4만 루피의 기부금을 쥐여드렸다. 그리고 말씀드렸다.

"이 돈의 일부는 무너진 집들을 다시 짓는 데 사용해 주세요. 저는 신두팔촉에 사는 사람들이 더 행복해지길 간절히 바랍니다. 집을 재건하는 데 사용하고 남은 돈은 부디 더 어려운 집과 덜 어려운 집을 분

간해 고르게 나눠주세요."

우메쉬가 자신의 아버지에게 내 말을 통역해 주었다. 우메쉬의 통역이 끝나자 모인 이들이 나의 말을 잘 알아들었다는 듯 하나둘 고개를 끄덕였다. 기부금을 전달받은 우메쉬의 아버님은 당연히 그렇게 하겠다며 내 두 손을 잡으시며 환한 미소로 답해 주셨다. 기뻐하는 사람들을 보고 있으니 정말 기분이 좋았다. 나는 세계 일주를 하며 모은 립마크를 편집해 만든 엽서를 가방에서 꺼내 마을 사람들에게 나눠주며 말했다.

"저는 1년간 40여 개국에서 네팔의 대지진을 기억하고 기꺼이 네팔 사람들의 아픔을 나누고자 하는 사람들에게 립마크를 받았어요. 립마크는 세계의 많은 사람이 네팔을 사랑하고 응원하고 있다는 증거예요. 이건 그 립마크 사진으로 만든 엽서고요. 저는 2015년 네팔 대지진으로 가장 큰 고통을 받은 여러분께 이 사랑을 전해 드리려고 온 거예요. 여러분, 이곳은 사람들이 왕래하기 어려운 산골짜기에 있지만, 다른 땅에서 살고 있는 많은 친구가 여러분을 응원하고 있다는 걸 잊지 않아 줬으면 좋겠어요."

우메쉬의 통역이 끝나자 사람들은 나를 향해 한목소리로 외쳤다.

"다네밧!"

삼삼오오 모인 마을 사람들이 떠나는 나를 바라보고 있었다. 가벼워진 가방을 메고 오토바이를 탄 나는 자꾸 뒤를 돌아봤다. 내가 가지고 온 '남산'이라고 적혀 있는 티를 입은 한 아이가 50미터가량을 좇아오며 계속해서 손을 흔들었다. 네팔의 가난한 오지 마을 신두팔촉을 떠나는 내 마음이 더 무거워지지 않게 위로해 주는 것 같았다.

신두팔촉의 사람들, 모두가 가족을 잃었고 그들은 다시 가족이 되었다.

신두팔촉에는 사는 내 친구 우메쉬

로젠 가족을 1년 만에 다시 만나다

신두팔촉에 다녀오고 나서 여러 기관을 방문하며 정신없이 움직였다. 한국을 떠나올 땐 '무슨 일이든 할 게 있겠지', '어떻게든 되겠지' 하고 생각했는데 막상 네팔에 오니 할 일이 너무 많았다. 하지만 그렇게 바쁘게 움직이는 와중에도 로젠과 로젠의 누나 레쓰마가 머릿속에서 떠나지 않았다. 아이들이 학교에 잘 다니고 있는지 궁금했다. 가정을 보전하려 무진 헌신하던 람푸맛 씨도 꼭 다시 만나고 싶었다.

나는 일정이 비는 날, 로젠 가족이 기존에 살던 집을 찾아갔다. 하지만 로젠 가족은 이미 이사 간 후였다. 이웃 중에도 람푸맛 씨가 사는 곳을 아는 사람이 없었다. 어떻게 하면 그들을 다시 볼 수 있을지 고민해 봐도 이 넓은 네팔 땅에서 로젠 가족을 수소문할 방법이 없었다. 지난번 방문 때 람푸맛 씨에게 따로 연락처를 남기지 못한 게 한스러웠다. 당시 람푸맛 씨는 핸드폰은 물론 이메일 주소도 없었다. 포기해야 하나 생각하며 게스트하우스에 돌아왔는데 프런트에 있던 직원이 나를 불러 세웠다.

"시타 씨가 두 시간 전쯤 찾아왔어요! 작년에 한바탕하고 간 한국인이 돌아왔다고 소문이 났는지, 시타 씨가 그 얘길 듣고 찾아온 거 같아요. 여기, 시타 씨가 남기고 간 주소예요!"

나는 직원이 건넨 쪽지를 받아들고 곧장 그 주소로 향했다. 나무
와 벽돌, 흙으로 만든 허름한 집 앞에 도착했다. 낮은 대문을 지나쳐 눈
앞에 보이는 사다리를 몇 번 두드렸다. 다락방 위에서 시타 씨가 고개를
빼꼼 내밀더니 금세 내려와 문을 열어 주었다. 시타 씨는 나를 반기며 목
소리를 높여 남편 람푸맛 씨를 불렀다. 과연 지난 1년간 어떤 변화가 있
었을까? 한 가정을 돌보고 있는 람푸맛 씨가 혹여나 어디가 아픈 건 아
닐까? 만감이 교차하던 그 순간, 헐레벌떡 사다리를 타고 내려온 람푸맛
씨가 함박웃음을 지으며 달려와 나를 와락 끌어안았다. 나 역시 반가움
에 람푸맛 씨를 끌어안고 기쁨을 만끽했다.

내 얼굴을 찬찬히 살피던 람푸맛 씨는 점심을 먹고 가라며 나를
자리에 앉혔다. 잠시 뒤 시타 씨가 정성껏 준비한 밥과 닭고기를 내왔다.
나는 그들의 후한 대우에 미안해서 어쩔 줄 몰랐다. 혹시나 입맛에 맞지
않을까 내 눈치를 살피는 시타 씨와 람푸맛 씨의 모습이 보였다. 잘 먹는
게 준비해 준 마음에 보답하는 일이리라. 나는 접시 바닥을 박박 긁으며
대접해 준 음식을 맛있게 먹었다. 밥을 다 먹고 아이들은 어디에 있는지
여쭤보자, 아직 하교 시간이 되지 않았다고 말씀하셨다. 아이들이 열심
히 학교에 다니고 있다니 기분이 좋았다.

"람푸맛 씨는 계속 지진 피해 현장에서 일하고 계세요?"

"아니요. 이제는 형편이 좀 나아져서 릭샤(인력거)를 끌고 있어
요. 전보다는 여유롭게 살게 되었어요."

그러고 보니 1년 만에 만난 람푸맛 씨는 눈에 띄게 야위어 있었
다. 뙤약볕 아래서 인력거를 모니 살이 빠질 수밖에 없겠다는 생각이 머
릿속을 스쳤다. 람푸맛 씨가 말을 이어나갔다.

로젠 가족을 1년 만에 다시 만나다

"로젠은 공부는 못하지만, 매일매일 열심히 학교에 다니고 있어요. 조그만 녀석이 끈덕짐이 있다니까요? 레쓰마는 열심히 공부해서 이번에 학급 우등생이 되었고요."

사실 두 아이를 학교에 등록시킨 뒤에도 도중에 생계가 어려워져 아이들이 학교를 그만두게 되면 어떡하나 하는 걱정이 있었는데 마음이 놓였다. 두런두런 이야기를 나누며 20분쯤 지났을까? 로젠과 레쓰마가 가방을 메고 방으로 들어왔다. 못 본 사이 남매가 모두 훌쩍 자라 있었다. 로젠은 나를 알아보았는지 웃으며 내게 안겼고 레쓰마는 인사를 하고는 얌전히 내 옆에 앉았다. 람푸맛 씨가 삼촌을 기억하냐며 로젠에게 묻자, 로젠은 몸을 배배 꼬며 고개를 끄덕였다. 나는 로젠과 레쓰마를 꽉 껴안으며 머리를 쓰다듬었다.

1년 동안 열심히 학교생활을 한 아이들이 기특해서 나는 둘의 손을 잡고 장난감을 살 수 있는 마트로 갔다. 가지고 싶은 물건을 하나씩 고르라고 말했더니 우등생 레쓰마는 화이트보드를 로젠은 장난감 식기 세트를 손에 집었다. 장난감을 계산해 아이들에게 주며 말했다.

"얘들아, 삼촌은 너희들 다시 보니까 기분이 정말 좋아. 물론 반가워서 사 주는 선물이지만, 이거 공짜 아닌 거 알지? 여태까지 잘해 준 것처럼 공부 열심히 하고 꼭 학교 졸업해야 해. 삼촌이랑 약속해 줄 수 있지?"

몸을 배배 꼬던 로젠이 고개를 끄덕였고 레쓰마는 환한 웃음으로 대답을 대신했다. 람푸맛 씨가 뒤에서 우리를 흐뭇하게 바라보고 계셨다.

람푸맛 씨는 괜찮다며 손사래 치는 나를 기어코 릭샤에 태웠다.

나는 그가 모는 릭샤를 타고 숙소까지 안전히 돌아올 수 있었다. 씻고 나와 방 한구석에 누웠다. 2015년 8월, 네팔에서 보냈던 시간이 머릿속에 스쳐 지나갔다. 처음 로젠을 만나고 기부금을 모아 로젠과 레쓰마의 학비를 내고 책가방을 사 주었던 게, 마치 어제 일 같았다. 1년 만에 돌아온 네팔…. 웃음이 나왔다. 행복이라는 감정이 북받쳤다.

평범했던 나는, 아니… 평범이라고 말하기도 어려운 삶을 살았던 나는, 학창 시절 꾸었던 꿈을 좇아 세계 여행 길에 올랐다. 여러 나라를 여행하며 많은 사람에게 도움을 받았고 나 또한 어려움을 겪고 있던 한 가정을 도울 수 있었다. 람푸맛 씨 가족이 환하게 웃는 모습이 계속 머릿속에 떠올랐다. 보람과 만족감으로 가슴이 뜨거웠다. 순간, 내 모습이 세계 여행을 떠나기 전 다람쥐 쳇바퀴 돌 듯 삶을 살던 때, 퇴근 후 녹초가 되어 방 침대에 누워 멍하니 천장만 바라보던 내 모습과 겹쳤다.

'내가 참 달라졌구나.'

이제는 남이 시키는 일이 아니라 내가 원하는 일을 하고 있었다. 세계 여행을 떠나기 전에는 내가 어떤 사람인지 잘 알지 못했다. 그때 누군가가 내게 '살면서 행한 일들 중 정말 잘했다고 당당히 말할 수 있는 일이 하나라도 있느냐'고 물었다면 난 머뭇거렸을 것이다. 하지만 지금은 망설임 없이 말할 수 있다. 1년 전 세계 여행을 떠난 것, 그리고 로젠 가족을 도운 것. 참 잘한 일이었다. 세상 곳곳을 다니며 나의 새로운 모습들을 알게 되었다.

로젠 가족을 1년 만에 다시 만나다

네팔의 9시 뉴스 엔딩을 장식하다

1년 전 말레이시아 쿠알라룸푸르에서 네팔 카트만두로 향하는 비행기에서 한 남자를 만났다. 대지진이라는 재앙이 네팔을 덮치기 전 그는 학교에서 아이들에게 영어를 가르쳤다고 했다. 선생님은 비행기 안 촬영에 성공해 우쭐해 있는 나에게 다가와 부탁하셨다. 눈앞에서 제자들이 죽어가는데 자신은 아무것도 할 수 없었다고, 부디 네팔을 위해 힘써 달라고. 그가 붙들고 있던 왼쪽 손이 파르르 떨려왔다. 한낱 관광객에 불과한 내가 무엇을 할 수 있을까 싶었다. 그렇게 도착한 네팔에서 로젠을 만났고 그 후 'We Love Nepal'(립마크) 프로젝트를 기획하고 진행하게 되었다.

'우리는 네팔을 사랑해'라는 동영상을 추가로 모으기 시작한 것이다. 전 세계를 돌면서 네팔 대지진과 피해 상황에 관해 이야기했다. 내 이야기를 듣고 흔쾌히 동영상 촬영에 협조해 준 이도 많았지만, 나를 조롱하며 거절한 이들도 있었다.

"고작 영상 몇 개로 네팔 사람들을 위로할 수 있겠냐?"
"네팔에 영상을 전해 주긴 할 거니?"

"헛수고하지 마."

받았던 질타가 다 기억나지도 않는다. 주제를 알라며 비꼬는 이도 있었다. 하지만 나는 다시 네팔에 왔다. 네팔 고아원을 찾아가 영상을 보여 주고, 학교에서 아이들과 함께 영상을 감상했다. 수집한 영상 중 일부가 정말 슬프게도 하드가 망가져 사용할 수 없게 되었지만, 영상에 영자도 아니 '이응' 자도 모르는 내가 어설프게 편집한 동영상이었지만, 모두 기뻐해 줬다. 영상을 보고 웃음 짓는 그들의 모습을 보는 게 너무 즐거웠다. 나는 조금 더 적극적으로 행동하기로 했다. 안 되는 영어를 써가면서 물어물어 무작정 네팔에서 가장 유명하다는 방송국에 찾아갔다.

잔뜩 긴장한 채 건물 안으로 들어가려는데 입구에서 경비원이 나를 붙잡았다. 방문 목적을 묻는 그에게 난 자초지종을 설명했다. 내 말에 귀 기울이던 그는 그럼 한번 들어가 보라며 흔쾌히 문을 열어줬다. 나는 방송국 안으로 들어가 직원으로 보이는 사람을 붙들고 부탁하기 시작했다. 바쁘다며 내 얘기를 듣지도 않고 지나쳐가는 사람들이 대부분이었다. 나는 포기하지 않고 의자에 앉아 커피를 마시며 쉬고 있는 한 직원에게 다가갔다. 그리고 그에게 조심스레 말을 걸었다.

"네팔을 돕고 싶어서 영상을 만들었어요. 그리고 이 영상을 꼭 네팔 사람들에게 전해주고 싶어요!"

이 사람도 거절하면 어쩌나 긴장했는데, 다행히 그는 웃으며 뉴스를 담당하는 피디님께 나를 안내해 줬다. 어렵사리 '사랄'이라는 담당자를 만났다. 깔끔한 옷차림에 잘 정돈된 머리 스타일을 한 차가운 인상의 남자에게 나는 준비해 간 'We Love Nepal' 동영상을 보여 주었다. 방송국에 찾아가 관계자에게 영상을 보여 주기만 하면 모두 해결되리라 생각했는데 아니었다. 나는 담당자에게 최대한 자세하고 성의 있게 네팔 사람들이 이 동영상을 봐야 하는 이유를 설명했다. 내 말이 끝나기까지 그의 굳어진 표정은 풀리지 않았다. 사랄은 무심하게 말했다.

"킴, 동영상은 잘 봤어. 네팔 사람들을 위한 마음은 알겠는데 네가 정말 세계 여행을 다니면서 이 동영상을 촬영했는지 내가 어떻게 믿을 수 있겠어."

나는 어찌 그의 말에 반박해야 할지 몰랐다. 실제로 내 모습이 나오는 영상은 몇 개 없었고 맞다고 우긴다 해서 그가 나를 신뢰해 줄 리 없었다. 나는 절망하며 숙소로 돌아왔다. 억울하기도 하고 나를 믿어 주지 않는 사랄이 원망스럽기도 했다. 하지만 무엇보다도 네팔 사람들에게 전 세계 친구들의 사랑을 담은 영상을 보여 줄 수 없다는 게 안타까웠다. 포기해야 할까? 다른 방송사에도 연락해 볼까? 고민하고 있는데 사랄에게 전화가 왔다.

"여보세요? 킴, 나야 사랄. 너도 알겠지만, 언론은 사실을 확인해야 하거든. 그 영상이 정말 네가 찍은 게 맞다면, 영상에 나오는 모든 국가에 다녀왔다는 증거로 여권에 찍힌 각 나라의 도장을 확인할 수 있게 해 줘. 도장이 찍힌 페이지를 찍어서 메시지로 보내 주면 네 말을 믿을게."

나는 당장 보내겠다며 전화를 끊고 가방에서 여권을 꺼냈다. 여권에 첫 페이지부터 마지막 페이지까지, 한 면 한 면 정성스럽게 사진을 찍었다. 메시지를 확인한 사랄은 영상을 가지고 다시 한번 방송국에 와 줄 수 있겠느냐고 물었다. 처음엔 막무가내로 찾아갔지만, 이번엔 초대를 받은 셈이었다. 사랄도 처음과 달리 한결 상냥하게 나를 대해 주었다. 나는 그에게 영상을 넘겨주고 9시쯤 방영될 거라는 안내를 받았다. 숙소로 돌아오는 발걸음이 가벼웠다.

그러나 친구들과 함께 9시부터 텔레비전 앞에 앉아 아무리 기다려도 내 영상이 나오지 않았다. 10시가 다 되어 결국 편집된 모양이라고 망연자실하고 있는데 여자 아나운서의 입에서 익숙한 나라 이름들이 나왔다. 아나운서의 멘트가 끝나자 화면에 내가 찍은 영상이 재생됐다. 밤 9시 뉴스는 네팔 국민이 가장 많이 보는 뉴스 프로였다. 전 세계를 돌면서 친구들의 도움을 받아 찍은 영상이, 내가 편집한 영상이, 네팔의 전 국민이 보는 방송에 나왔다. 이게 꿈인지 생시인지 분간이 안 되었다. 영상이 끝남과 동시에 한 친구가 내 어깨를 잡고 흔들며 환호했다.

"킴! 네 동영상이 칸티푸르TV에 나왔어! 그냥 방송이 아니라 칸티푸르TV라고! 킴…!"

네팔 친구 우메쉬의 도움을 받아 나는 칸티푸르TV 외에도 세 개의 네팔 방송국에 더 찾아갔다. 각 방송사의 PD들은 내 취지와 영상을 좋게 봐줬고 나는 그들과 인터뷰를 했다. 그리고 그 방송국들에서도 네팔 영상이 방송되었다. 이날 이후 지나다니다 가끔 나를 알아보는 이들도 생겼다. 고맙다며 식사에 초대하고 싶다고 메시지를 보낸 사람도 있었다. 내 영상이 네팔 국민에게 잠시나마 위로가 되었음을 알 수 있었다. 세계를 여행하며 늘 꾸었던 꿈이 이루어졌다. 잘난 것도 없고 제대로 가진 것도 없었지만 해냈다.

여행을 오래 하면서 간절한 목표가 있다면 타인의 간섭에 매이지 말아야 함을 느꼈다. 내 인생은 남이 사는 게 아니라 내가 사는 거다. 나는 모두가 불가능할 거라고 말한 계획을 달성했고 나아가 나조차도 상상하지 못했던 큰 성과를 거두었다. '도전', '시작', '시도' 세 단어는 내가 좋아하는 단어다. 뭔가를 이루려면 행동해야 한다. 그것이 큰 움직임이든 혹은 작은 움직임이든 상관없다. 나비의 날갯짓이 태풍을 불러온다는 의미를 지닌 '나비효과'라는 말을 한 번쯤 들어봤을 것이다. 2015

년 난 나비의 날갯짓만 한 공기의 움직임을 일으켰고 2016년 그 작은 공기의 움직임은 큰바람이 되어 불어왔다. 네팔 사람들이 잠시나마 시원함을 느낄 수 있었기를 바라고 또 바란다.

카냐 만디르 학교의 텅 빈 도서관

로젠과 레쓰마가 다니는 학교를 찾아갔다. 시멘트로 만든 교실도 있었지만, 교실 수가 부족해 양철과 얇은 나무판자를 덧대어 임시로 만든 교실들도 많았다. 그 때문에 학교는 한층 더 낡아 보였고 부족한 예산 탓에 짓다 만 앙상한 구조물들이 적나라하게 보였다. 선생님은 1년 전과 다름없이 인자한 얼굴로 나를 맞아 주셨다. 로젠과 레쓰마의 이야기도 하고 네팔의 현재 피해 복구 상황이나 사회 분위기에 관해서도 대화를 나누었다. 선생님은 학교의 규모에 비해 학생 수가 너무 많고 대다수의 학생 가정이 경제적으로 여유롭지 않은 상황이다 보니 학교 시설이나 여타 학습 용품을 수리하고 교체하기 어렵다며 한숨지었다. 나는 선생님과 함께 금년 초에 가까스로 공사만 마무리되었다는 도서관을 보러 갔다. 도서관이라는 말이 무색하리만큼 좁은 공간은 텅 비어 있었다. 그 안을 채울 책장과 책을 살 돈이 없었던 것이다.

도서관에 가는 것을 썩 좋아하지는 않았지만, 시험 기간이면 동네 도서관에서 저녁까지 공부하곤 했다. 학교 도서관보다는 식당도 함께 있는 동네 도서관이 오래 공부하기는 안성맞춤이었다. 그렇다. 밥을 핑계로 구태여 학교에서 거리가 있는 동네 도서관을 찾을 정도로 나에게 학교 안에 있는 도서관은 너무나도 당연한 존재였다. 그때는 도서관이 귀한 나라가 세상에 존재할 줄은 상상도 못 했다. 내가 당연하게 누리던 혜택이 이들에겐 꿈이자 큰 소망이었다. 텅 빈 도서관을 보며 생각했다.

'아, 이곳에 오길 정말 잘했구나.'

네팔에 돌아와 여러 학교와 기관을 찾아가 봉사도 하고 기증품도 증정했지만, 그중 카냐 만디르 학교가 도와주기에 가장 적합하다는 확신이 들었다. 나는 망설이지 않고 교장 선생님과 교사들이 모인 자리에서 말했다.

"제가 도와드릴 수 있을 것 같아요."

모두가 어리둥절한 얼굴로 나를 보았다. 봉사 단체나 국가 기관을 대표하는 사람도 아니고 그저 개인인 내가 무슨 도움을 줄 수 있겠느냐는 의문이 담긴 표정이었다. 나는 한국에서 진행한 크라우드펀딩에 관해 설명했다. 그리고 10만 루피, 한국 돈으로 105만 원가량의 비용을 먼저 드리면서 이 돈을 계약금으로 걸고 도서관에 넣을 책장과 가구들, 기타 부자재를 신청해 달라고 말씀드렸다. 조속히 도서관이 완공되어 더 많은 아이가 학교에서 공부할 수 있기를 바랐다.

우리는 남은 기부금의 적합한 사용처를 두고 의견을 나눴다. 과학실과 추가 교실이 도서관 다음으로 시급했다. 나는 빈 도서관을 채우는 데 쓴 비용을 제외한 남은 기부금을 아이들이 사용할 과학실을 만들고 추가 교실을 짓는 데 쓰기로 계약했다. 교장 선생님부터 모든 선생님과 아이들이 기뻐했다. 그 모습을 보니 가슴이 벅찼다. 내부 인테리어가 끝난 도서관이 눈앞에 그려지는 듯했다. 나는 하루빨리 그 모습을 볼 수 있었으면 하고 간절히 바랐다. 모두가 들떠 왁자한 와중에 한 선생님이 목소리를 높였다.

"기부해 주신 분들 성함을 명판에 새겨서 도서관에 달아 놓고 싶어요."

선생님의 의견을 들은 다른 선생님들이 좋은 생각이라며 고개를 끄덕였다. 나는 생각지도 못한 일이었다. 그들이 얼마나 큰 고마움을 가지고 있는지 알 것 같았다. 감사한 마음에 코끝이 찡했다. 그렇게 카냐 만디르 학교에 새 도서관이 생겼다. 도서관에는 무려 6,000권 이상의 책이 채워졌다. 내부 인테리어가 끝난 도서관은 원목 책장과 밝은 전등 덕분인지 이전보다 한층 깨끗한 느낌이었다. 나는 도서관 구석구석을 살펴보았다. 처음에 선생님들이 열쇠가 달린 책장을 요구하셨을 땐 그게 무엇을 말하는 것인지 상상이 잘 안 됐다. 잠금장치가 설치된 책장 안에 가지런히 놓인 책들을 보고 있으니 네팔에서 책을 얼마나 귀하게 여기는지 알 것 같았다.

교복을 입고 학교에 다니던 내 모습이 이젠 희미하다. 어쨌든 도서관을 가까이하지 않았음은 분명한데 말이다. 내가 다녔던 학교의 도서관은 어땠는지 기억해 본다. 잘 기억이 나지 않는다. "넌 커서 뭐가 되려고 이러니?" 하시던 선생님의 목소리만 또렷하다. 그랬던 내가 아이들의 소망과 선생님들의 꿈을 이루어 준 셈이니 선생님께서 지금 나의 모습을 보시면 분명 칭찬을 해 주실 거다. 책을 읽고 싶어도 책이 없어서 못 읽고, 더 공부하고 싶어도 공부할 곳이 없었던 아이들이 마음껏 책을 읽고 공부할 수 있게 되었다. 나 혼자의 힘으로는 불가능한 일이었다. 기부자분들을 비롯해 학교 선생님, 기술자분들까지 많은 분의 사랑이 합쳐져 이렇게 멋진 결과물이 나왔다.

뿌듯하고 행복했다. 50년 뒤, 누군가가 나에게 네 인생에서 가장 행복했던 순간들이 언제였느냐 묻는다면 나는 '2016년 8월 5일, 네팔 카냐 만디르 학교에 도서관이 생긴 날'을 빼놓지 않고 말하리라.

나의 포터 발라람

"킴, 너와 함께할 수 있어서 정말 기뻤어."

세계에서 가장 높은 루클라 공항에서 발라람이 내게 말했다.

발라람과 함께 E.B.C(에베레스트 베이스캠프)를 오르던 순간이 꿈처럼 스쳐 갔다. 사방이 흰 눈뿐인 곳에서 서로를 의지하며 한 발 또한 발 힘겹게 내디뎠던 순간들, 내 눈앞에 떨어진 낙석 때문에 바지에 실례할 뻔했던 순간도…. 에베레스트에 다녀왔다. 지난번 네팔 방문 때, 비용과 시간 때문에 포기했던 에베레스트 등반. 비용과 시간이 부족하기도 했지만, 두려웠던 것 같다. 그 후로 1년이란 시간이 흘렀고 세계를 여행하며 무엇이든 시도하고 도전하면 '어떻게든 된다.'라는 나만의 모토를 가지게 되었다. 이번엔 과감히 저질렀다. 작년 ABC, 즉 안나푸르나 베이스캠프는 동행이나 가이드, 포터 없이 홀로 올랐지만, 이번엔 지난번 일정보다 5일 연장된 12일 일정에 목표도 목표인 데다, 7월 몬순 기간인 만큼 가이드 겸 포터를 고용하기로 했다. 그 포터가 바로 발라람이었다.

7월 몬순 기간은 에베레스트에 오르는 시기 중에 가장 위험했다. 한 달 내내 비가 내려서 낙석이 굉장히 많고 그 충격들로 인해 땅에 금이 많이 가 있기 때문이다. 사실 처음엔 이번에도 혼자 오를 생각이었다. 몬순 기간에 혼자서 EBC를 가는 건 자살행위라는 주위의 만류에 결정을 바꿨다. 나의 포터로 지정된 발라람은 나이 지긋한 네팔 아저씨였다. 그는 EBC에만 32번 넘게 올랐다며 긴장한 나를 안심시켰다. 우리 무리는 원래 셋이었는데 중간에 중국인 잭과 다른 길을 고집해 이후엔 둘이 움직였다. 나와 발라람은 보디랭귀지와 짧은 영어로 대화하며 매일 추억을 공유했다. 발라람이 이어 말했다.

"킴, 내 고산증세 때문에 너의 일정의 일부만 함께할 수 있었던 게 아직도 아쉽다."

산을 오른 지 7일이 흘렀을 때, 그날도 여느 밤처럼 발라람은 내게 와 내일은 새벽 4시 반에 일어나자며 다음 날 기상 시각을 알렸다. 하지만 나는 4,500미터 로지에서 쉽게 잠들지 못했다. 처음 겪는 고산증세였다. 발라람은 걱정하며 페트병에 뜨거운 물을 받아서 내게 건넸고, 나는 페트병에 양말 두 짝을 씌워 껴안고 겨우 잠에 들었다. 신기하게도 다음 날 내 고산증세는 싹 가셨다. 그런데 평소 같으면 내게 "킴 일어나! 아침이야 출발해야지! 하루 더 자고 가려고?" 하며 새벽같이 달려왔을 발라람이 잠잠했다.

내가 의아해하며 발라람을 찾아갔다. 로지 중앙을 지나가는데 누군가 다 죽어가는 목소리로 나를 불러세웠다. 발라람이었다. 그는 눈물을 왈칵 쏟아내면서 말했다. "킴… 나 고산증세가 심해서 밤새 잠을 하나도 못 잤어…. 살면서 이런 경험은 처음이야… 정말 미안해. EBC까지 꼭 너를 안내해 주고 싶었는데. 지금 내 몸 상태로는 무리일 것 같아…." 발라람은 쉰 목소리로 마침 로지에 아는 가이드가 있다면서 호주

사람들을 가이드해 주던 포터를 내게 소개해 줬다. 발라람은 입고 있던 패딩을 내게 주면서 본인은 바로 아래 로지 4,200미터에서 기다리고 있을 테니 잘 다녀오라고 했다.

전혀 예상치 못한 상황이었지만, 그에게 화가 나지는 않았다. 고산증세가 얼마나 고통스러운지 알아서일까? 오히려 그 고통을 겪으면서도 끝까지 나를 걱정하는 발라람의 모습에 마음이 아팠다. 나는 새로운 일행과 함께 다시 산에 올랐다. 5,000미터 로부체를 지나 에베레스트에 가까워질수록 위험천만한 상황이 잦아졌다. 쏟아지는 비 때문에 한 치 앞이 안 보였고 무게가 많이 실리면 땅이 꺼지기 일쑤라 한 걸음 내디딜 때마다 심장이 떨렸다. 예상할 새도 없이 떨어지는 낙석에 다리에 힘이 풀려 포기할까 싶은 순간이면 반대편에 있는 빙하와 새하얀 절경이 내 눈에 들어왔다.

로지를 떠난 지 2시간 반이 지나 EBC에 도착했다. 그곳엔 아무도 없었다. 얼음과 눈뿐이었다. 눈 언덕을 오르고 올랐다. 영화의 한 장면처럼 발이 푹 빠질세라 신중을 기해 한 발자국 한 발자국 내디뎠다. 그리고 마침내 포인트에 올랐을 때, 나는 그곳에 꽂힌 깃발을 뽑아 힘차게 흔들었다. 그 순간만큼은 추위도 느껴지지 않았다. 날아갈 것 같았다. 자연의 위대함 앞에서 형용할 수 없는 두려움마저 느껴졌다. 내 눈앞에 빙하와 눈들이 뒤섞여 장관을 이루고 있었다. 그 절경에 취한 것도 잠시, 갑자기 한기가 들면서 온몸이 후들거렸다.

그날 밤 로지에서 나는 생애 가장 심한 고산증세에 시달렸다. 밤새 가위에 눌리고 구역질을 했다. 나는 잠을 자지 못했고 이른 아침 곧바로 내려올 수밖에 없었다. 하루가 지나고 발라람을 만나기로 한 곳에 다다랐을 무렵 멀리서 발라람이 달려왔다. 그에게 내가 오는지 어떻게 알았냐고 물어보니 "온종일 로지에서 창밖을 바라보고 있었다."라고 답했다. 발라람은 마지막 날까지 나를 위해 헌신했다. 내 짐을 조금이라도 더 들어 주려 했고, 내 표정이 안 좋아 보이면 이상한 유머를 날리면서 미소 짓게 해 줬다. 내 만류에도 그는 끝까지 내게 "Sir"이라고 불렀다. 그런 발라람을 나는 "my friend"라고 불렀다. 앞서거니 뒤서거니 우리는 웃으며 기분 좋게 산행을 마쳤다. 발라람은 자신의 집에 나를 초대하여 따뜻한 음식과 차를 내어줬고 발라람은 가지고 있던 스카프를 내 목에 둘러 주면서 이렇게 말했다.

"이건 정말 소중한 사람에게 주는 선물이야. 킴 너를 잊지 못할 거야, 다음엔 몬순 기간 말고 10월에 날씨가 좋을 때 와. 그리고 그땐 부인과 함께 와야 돼."

나는 발라람의 주름 가득한 미소를 보며 대답했다.

"아저씨. 언제가 될지 모르지만, 그때도 가이드를 부탁드려도 될까요?"
"내가 루클라에 있는 한 우린 꼭 다시 만나게 될 거야. 그땐 우리 함께 에베레스트에 오르자."

발라람의 얼굴이 눈에 선하다. 그의 겸손과 책임감을 배우고 싶었다.

나의 첫 EBC 등반을 발라람과 함께할 수 있어서 행복했다.

또다시, 여행

여행을 떠나기 전, 2014년까지의 나는 인천 서구 신현동이라는
작은 동네에 사는 평범하기 그지없는 한 청년일 뿐이었다. 2015년 5월,
나는 꿈을 되찾겠다는 생각으로 무모한 도전을 감행했다. 그 여행길에
서 세계 곳곳의 사람들을 만나고, 색다른 경험을 했다. 더없이 행복한 순
간도 있었지만, 목숨을 잃을 뻔한 적도 있었다. 필리핀에서 총 든 강도도
만났고 스위스에서 히치하이크를 하다 만난 무섭게 생긴 흑인형과 친구
가 되기도 했다. 첫 번째 여행을 통해 삶을 대하는 나의 태도가 완전히
바뀌었다. 아무것도 안 하면 아무 일도 일어나지 않는다. 도전하면 뭐든
'어떻게든 된다'는 생각을 소중하게 생각하며 살아가게 됐다.

이미 네팔에서 다양한 경험을 해 봤기에 다시 한번 네팔을 찾을
결정을 내릴 수 있었다. 모든 일이 순조롭게 진행되는 듯 보였다. 네팔에
서의 일정을 마치고 한국에 돌아와서는 여러 대학교와 고등학교, 회사
로부터 강연 요청을 받았다. 2014년의 나라면 상상도 하지 못했을 솔깃
할 만한 제안도 있었다. 그들은 '지금이 아니면 안 된다.'라며 당장 함께
하기를 요청했지만, 나는 거절했다. 아직은 여행을 이어가고 싶었다. 처
음으로 돌아가 걸음마를 배우는 마음으로 하나씩 하나씩 시작해 볼 참

또다시, 여행

이었다. 몇몇 사람들은 내게 이런 말을 건네기도 했다.

"민우야, 너 이제 적지 않은 나이야. 그렇게 돌아다녔으면 됐지. 뭐 하러 또 고생하러 밖으로 나가는 거야? 지금 좋은 기회들을 붙잡고 물 들어올 때 노 저어야지. 왜 그렇게 생각이 짧니?"

인생은 서른부터라는 말이 있다. 요새는 30대도 어리다고 한다. 내 인생은 아직 제대로 시작된 상태가 아니었다. 그러니 내가 좋아하고, 하고 싶은 일들을 더 해 볼 시간은 충분했다. 쭉 그렇게 여행해 온 것처럼 이번에도 어떻게든 되리라. 위시 리스트의 나머지 국가들을 여행하는 본격적인 세 번째 도전에 앞서 우선 호주에서 지내며 여행 자금을 모을 생각이었다. 꼭 가고 싶었던 아이슬란드를 여행하고 시베리아 횡단 열차도 타 볼 셈이다. 하지만 계획은 계획일 뿐, 이 중 한 곳만 가게 될지, 모든 곳에 다녀올 수 있을지는 알 수 없다. 혹은 예정에 없던 나라에 가게 될 수도 있다. 비행기 표를 샀으니 무슨 일이든 벌어지리라는 사실은 분명했다. 나는 나를 걱정하고 우려하는 사람들의 말에 이렇게 대답했다.

"도전은 늘 두렵죠. 하지만 또 늘 설렙니다."

그리고 설레는 마음으로 다시 배낭을 꾸리고 호주 브리즈번으로 향하는 비행기에 몸을 실었다.

세계 일주를 마치고 한국에 돌아오니 마음은 넉넉한데 주머니는 먼지뿐이었다. 첫 번째 세계 여행을 떠날 때, 직장생활 내내 모은 적금을 해지했는데도 알아봤던 기본 예산에 턱없이 모자랐으니, 어쩌면 지금은 마이너스가 아닌 게 다행일지도…. 1년간 세계 곳곳을 누볐지만, 여전히 가고 싶은 나라가 있었다. 아이슬란드와 모스크바, 시베리아 횡단 열차를 타 보지 못한 것도 아쉬웠다.

"여행을 떠나려면 적어도 비행기 푯값은 있어야 하니 직장을 들어가 돈을 모을까?"

가장 현실적인 대안 같아 보였다. 하지만 여행을 떠나기 위해 다니는 직장이라면 애사심 따위는 생길 리 만무했다. 얼추 예산을 모았다고 회사를 그만둔다면 회사에도 피해를 주는 일이리라. 그렇다면 아르바이트를 해야 할까? 고민하는 와중에도 떠나고 싶어 몸이 근질거렸다. 그러다 생각한 방법이 바로 '워킹홀리데이'였다. 영어권 국가로 가면 최저 임금이 더 높으니 같은 시간 일해도 한국에서보다 더 많은 돈을 벌 수 있고 영어 실력도 늘 것이다.

한국에서 워킹홀리데이로 갈 수 있는 나라는 많다. 내가 호주로 떠난 이유는 호주가 비교적 워킹홀리데이 비자를 받기가 쉽고 다른 국가들보다 임금도 높은 편이기 때문이었다. 여러 이유로 나를 걱정하는 가족과 지인들을 뒤로하고 다시 짐을 꾸렸다.

"뭐, 어떻게든 되겠지!"

캥거루 고기 공장에 취업하다

호주에 도착한 지 2주가 지났다. 무더운 날씨와 강한 햇볕도 어느 정도 적응이 되었다. 호주 시내의 주말은 여유롭게 북적였다. 현지인들과 제법 많은 여행객이 어우러져 호주 특유의 분위기를 만들었다. 하지만 내 마음은 편치 않았다. 내가 호주에 온 가장 큰 이유는 바로 돈을 벌기 위함이었다. 호주에 도착한 날, 나는 곧장 은행에 가서 계좌를 만들고 핸드폰을 개통했다. 그 후로 올라오는 모든 모집 공고에 지원하다시피 했는데⋯. 2주가 지나도록 일자리를 구하지 못한 것이다.

사실, 호주에 도착한 지 며칠 지나지 않았을 때 공장 인터뷰를 봤었다. 그리고 다음 날 바로 고정잡으로 출근하라는 연락을 받았다. 이때만 해도 정말 순조롭게 일이 풀린다고 생각했다. 워킹홀리데이의 성공과 실패는 괜찮은 일을 빨리 구하느냐 못 구하냐에 달렸다는데 고기 공장 일은 시급도 괜찮은 편이라 절로 미소가 지어졌다. 합격했다는 소식을 같은 방 사람들에게 알리고 다 함께 모여 즐겁게 맥주를 마시고 있는데 갑자기 전화 한 통이 걸려 왔다.

"킴⋯ 미안해. 합격이 아니야. 출근하면 안 돼."

나는 당황해 이유를 물었다. 처음엔 잘못된 결과라며 명확한 이유를 알려 주지 않았다. 나는 세 차례나 담당자를 찾아갔다. 통장 잔고는 바닥을 드러냈고 호주에 계속 머무르기 위해서는 생활비가 필요했다. 다음 여행에 필요한 자금도 모아야 하는데 막막했다. 담당자는 몇 번이나 말을 바꾸었다. 한 번은 된다고 했다가 다시 안 된다고 했다. 나중에 알고 보니 원래는 한 번 떨어졌어도 이후 모집에 다시 지원할 수 있었는데 이번에 담당자가 바뀌면서 한 번 떨어지면 다시 지원하지 못하는 규칙으로 변경되었다는 것이다.

결국, 나는 그 공장에서 일할 수 없게 되었다. 회사 관계자는 마지못해 내규가 바뀐 내막을 알려 주며 '넌 정말 운이 나쁘구나.'라고 말했다. 그런 말까지 들으니 기분이 좋지 않았다. 그리고 그 순간부터 정말 나 자신이 초라한 사람처럼 여겨졌다. 직장을 구하는 기간이 길어질수록 자존감은 점점 낮아졌다. 문득 이러다가는 상황에 따라 결과를 합리화하는 사람만 될 뿐이라는 생각이 들었다. 나는 그날 밤 맥주 한 캔을 벌컥벌컥 들이켠 뒤 이렇게 혼잣말을 했다.

"얼마나 더 좋은 일이 생기려고 이러는 거야. 김민우! 다 잘될 거야. 혼자서 지구 한 바퀴 돈 내가 이거로 의기소침할 것 같아? 긍정적으로 생각하자!"

그리고 나는 다음 날 다시 공장을 찾아갔다. 담당자는 내게 말했다.

"너처럼 끈질긴 녀석은 처음 봤다. 지인이 하는 공장에서 사람을 구하면 널 바로 소개해 줄게."

나는 그제야 그 공장을 포기할 수 있었다. 그리고 당장 단기잡을 시작했다. 일하지 않으면 안 되는 상황이었기 때문에 나는 할 수 있는 일이라면 가리지 않고 닥치는 대로 다 했다. 청소, 사진 기사, 음식 재료 손질, 기초 수영 강사 등 하루하루 들어오는 일을 하며 생활을 이어 나갔다. 어느 날은 일을 마치고 녹초가 돼서 버스를 기다리다가 차를 타고 지나가던 외국인이 조롱하며 던진 맥주병에 맞기도 했다. 인종 차별을 당해도 내겐 꿈이 있었다. 나는 아랑곳하지 않고 열심히 하루하루를 살아갔다. 꾸준히 이력서를 넣는 것도 잊지 않았다. 여느 때처럼 단기잡으로 일하러 가고 있는데 갑자기 전화벨이 울렸다. 얼마 전 지원했던 캥거루고기 공장 담당자였다.

나는 담당자와 통화를 마치고 너무 기뻐 허공에 소리를 질렀다. 호주에 온 지 20일 만에 원하던 공장일을 하게 되었다. 호주 하면 캥거루고 캥거루 하면 호주인데 브리즈번에서 한 번도 캥거루를 본 적이 없었다. 공장 근처에서는 캥거루를 볼 수 있을까? 기대되었다. 나는 근무 시작 일에 맞춰 입스위치 지역으로 이사를 했다.

캥거루 공장 직원의 일과는 단조로웠다. 새벽 4시 반에 일어나 온종일 목이 잘려 쇠꼬챙이에 매달아진 캥거루를 보며 일을 했다. 매일 30kg의 캥거루 고기를 날랐다. 새로운 일에 적응하는 게 마냥 쉽지는 않았다. 그래도 일을 할 수 있음에 감사했다. 이 일을 함으로써 내 여행을 지속할 수 있을 것이라는 기쁨에 웃으며 열심히 일했다.

함께 공장에서 일하는 스리랑카, 베트남, 중국, 호주 등 다양한 나라에서 온 동료들과도 친해졌다. 우리는 일이 끝나면 모여 앉아 왜 이 일을 하고 있는지, 어떤 꿈을 꾸고 있는지 그리고 호주에서 번 돈으로 무엇을 하려 하는지 이야기했다. 희망 가득한 눈을 빛내며 이야기를 나누다 보면 시간 가는 줄 몰랐다. 참 재밌는 경험이었다. 중국에서 온 친구의 꿈은 공장에서 일한 돈으로 자기 나라에 돌아가 작은 음식점을 차리

는 것이었고 스리랑카에서 온 친구는 차를 사서 미대륙을 횡단하는 목
표가 있었다. 지금은 모두 같은 일을 하고 있었지만, 꾸고 있는 꿈은 제
각각 달랐다.

　　나는 매일 밤 아이슬란드에서 찬란한 오로라를 보고 시베리아
횡단 열차를 타는 모습을 머릿속에 그렸다. 꿈을 꾼다는 건 정말이지 매
력적인 일이다.

캥거루 고기 공장에서 일한 지 3개월 만에 목표했던 여행 자금을 다 모았다. 마지막 날 업무를 마치고 친하게 지냈던 동료들과 작별의 포옹을 했다. 그동안 수고 많았다고, 보고 싶을 거라고…. 뻔하지만 뻔하지 않은 인사를 나누었다. 특히 일하는 내내 내게 장난을 치던 포비가 퍽 아쉬운 기색이었다. 포비는 무심히 내게 SNS를 알려 달라고 말하며 아이슬란드에 가서 멋진 오로라를 찍어서 보내 달라고 신신당부를 했다. 그러더니 나를 와락 껴안았다. 캥거루 고기 공장에서 보낸 하루하루가 머릿속을 스쳐 지나갔다. 그렇게 난 호주를 떠나 아이슬란드로 가는 가장 저렴한 비행기를 탈 수 있는 영국으로 향했다.

아이슬란드 여행을 앞두고 이것저것 미리 준비했다. 모두 알겠지만, 아이슬란드의 물가는 살인적이니만큼 높다. 그래서 나는 가장 먼저 동행을 구했다. 차 한 대를 함께 탈 수 있는 네 명이 가장 적합할 것 같았다. 다행히도 쉽게 동행을 구할 수 있었다. 함께하기로 한 동행은 유럽 여행 중이던 용석이, 메이크업 일을 하다 버킷업을 이루기 위해 도전한 예솔이, 대학생인 혜진이었다. 우리는 메시지를 주고받으며 일정을 공유했다. 예솔이와 혜진이는 아이슬란드 공항에서 만나기로 했고 용석이는 런던에서 먼저 만나 함께 아이슬란드에 가기로 했다. 네 명이 함께 다니면 차를 빌리는 비용부터 식재료 구매 비용 등 여러모로 돈을 절약할 수 있었다. 우리는 공항에서 차를 빌리고 마트에서 함께 장을 본 뒤에 에어비앤비 숙소를 이용하기로 의견을 모았다.

나는 런던에서 만난 용석이와 게트윅 공항으로 향했다. 12월 31일 오후 3시 반에 이륙 하는 아이슬란드 행 비행기였다. 이륙 2시간 전인 1시 반쯤 공항에 도착해 비행기 게이트가 열리길 기다렸다. 1시간이 지나고 전광판에 게이트 번호가 떴다. '104번 게이트' 그런데 게이트 번호가 뜨자마자 20분 뒤에 마감이라는 안내가 떴다. 우리는 서둘러 104번 게이트로 갔다. 게이트 문 앞에는 이미 많은 사람이 도착해 줄을 서 있었다. 그런데 1시간이 지나도 게이트 문은 열리지 않았다. 나는 직원에게 무슨 상황인지 물었다. 대답은 황당 그 자체였다. 비행기 조종사 한 명이 무단결근을 해서 대체할 사람을 찾고 있다는 것이 아닌가?

나는 차분하고 친절하게 미안함을 표하는 직원에게 뭐라 할 수 없어 자리로 돌아왔다. 기다림의 시간은 계속됐다. 2시간이 지나고… 3시간이 지났다. 한국 같았으면 분명 누구 한 사람은 참을성이 한계에 다다라 직원에게 "뭐 이런 어처구니없는 경우가 다 있어?! 여기서 제일 높은 사람이 누구야! 나와!" 하고 역정을 내며 컴플레인을 걸었을 테다. 그런데 게이트 문 앞에 있는 사람들은 다 별다른 불만이 없었다. 삼삼오오 모여 이야기를 나누며 시간을 보내는 모습이 참 인상적이었다. 살면서 이런 일은 처음이었다. 수백 명의 이동과 안전을 책임져야 할 조종사가 무단결근이라니. 별의별 일이 다 있구나 싶었다. 그렇게 기다린 지 5시간이 넘었을 무렵 대체할 조종사가 왔다. 104번 게이트 문 앞에 있던 사람들은 모두 기립 박수를 치며 환호했다. 지금 생각해 보면 비행기가 취소될 수도 있겠다는 우려가 해소되며 안도와 반가움이 뒤섞인 환호가 아니었을까 싶다.

모든 탑승객이 착석을 마치고 비행기 안에는 무단결근 조종사를 대신해 출근한 조종사의 목소리가 울렸다. 그는 모두에게 진심 어린 사과를 하며 항공사 측에서 모든 탑승객에게 사과의 의미로 음료와 과자를 서비스로 제공하기로 했다고 전했다.

이륙한 지 두 시간쯤 지났을 때였다. 곯아떨어지기 직전으로 이어폰을 끼고 음악을 듣고 있는데, 주변이 웅성거리기 시작했다. 오른쪽에 앉은 사람들이 큰일이라도 난 듯 창문에 붙어서 밖을 쳐다보고 있었다. 무슨 일인가 싶어 목을 길게 빼고 살펴보았지만, 사람들로 가려져 창밖이 보이지 않았다. 궁금해 견디지 못한 나는 자리에서 일어나 그쪽으로 갔다. 창밖의 장관이 눈에 들어온 순간, 나도 모르게 헉하고 숨이 막혔다. 하늘에는 초록빛도 연둣빛도 아닌, 형언할 수 없는 아름다운 빛깔의 오로라가 춤을 추고 있었다.

2016년의 마지막 날이었다. 오로라를 보러 가기 위해 올라탄 아이슬란드 행 비행기에서 나는 버킷리스트에 남아 있던 항목인 '오로라와 마주하기'를 지울 수 있게 되었다. 2017년 1월 1일, 내 나이의 앞자리 숫자가 2에서 3이 되기까지 2시간여를 남겨 두고, 어처구니없는 조종사의 무단결근으로 모든 일정이 엉망이 될 뻔했던 그 날, 난 최고의 순간을 맞이했다.

아이슬란드에서 뭉친 한국인 사인방

아이슬란드 공항엔 먼저 도착한 예솔이와 혜진이가 우리를 기다리고 있었다. 무책임한 조종사 덕분에 약속 시각에 5시간이나 늦은 나와 용석이를 예솔이와 혜진이는 반갑게 맞아 주었다. 12월 31일, 서로 얼굴도 모르던 한국인 네 명이 아이슬란드에서 만났다. 홀로 상경해 개미처럼 일해서 모은 돈으로 여행을 온 예솔이, 고등학교 3학년 때 낯선 땅으로 가서 워킹홀리데이를 마치고 온 혜진이, 마지막 시험을 앞두고 시험 공부 대신 여행을 선택한 이탈리아에서 온 용석이까지. 참 불법한 인생을 살아온 사인방이었다.

우리는 공항에서 차를 빌렸다. 차에 올라타 시계를 보니 11시 30분이었다. 2017년 1월 1일까지 30분을 남겨 두고 있었다. 레이캬비크는 도시 전체가 강하게 때로는 약하게 빛을 내뿜고 있었다. 폭죽 때문인지 건물들이 마치 살아 있는 듯 보였다. 서른이 되어서인지 아이슬란드에서 맞는 새해라 그런지 마음이 들떴다. 운전을 하는데 누가 아이슬란드 아니랄까 봐 도로가 얼어 길이 상당히 미끄러웠다. 한국이었다면 시속 70킬로미터로 속도제한을 두었을 도로였고 빙판길이니 그마저도 시속 50킬로미터로 달려야 할 상황이었다. 그런데 우리 차 옆을 지나가는 아이슬란드 차들은 시속 100킬로미터를 밟고 있는 것처럼 씽씽 달렸다. 내겐 신선한 충격이었다. 결국, 나 역시 100킬로미터에 가까운 속도를 내며 운전을 했다. 몇 번 차가 미끄러져 간담이 서늘해졌지만, 세 번 정도 지나니 익숙해졌다. 그렇게 1시간여를 달려 아이슬란드 첫 번째 숙소 근처에 도착했다.

다른 나라들과 다르게 아이슬란드에는 집들이 정말 드문드문 있었다. 첫날 잡은 숙소는 그중에서도 외곽에 있었다. 숙소를 찾기란 쉽지 않았다. 에어비앤비 설명을 보니 더 헷갈렸다.

"'fa-'의 표지판까지 가시오. 그 표지판이 있는 곳에서 1분여 운전을 해서 가면 차량 차단막이 보이는데 그곳에서 대기하다가 차단막이 올라가면 1킬로미터가량 운전을 하고 'ta-'가 있는 표지판이 보이는 쪽으로 들어가서 우측으로 꺾고 아홉 번째 집이 보이는 곳으로 들어가시오. 집이 보이면 키박스를 찾고 키를 꺼내서 안으로 들어가시오."

무슨 난센스 게임도 아니고 미스터리 영화의 한 장면 같은 과정을 거쳐서 집을 찾았다. 그런데 아무리 찾아도 키박스가 없었다. 사방이 온통 눈으로 뒤덮인 외딴집 앞에서 발만 동동 구르기를 10분 정도 했을까? 난 키박스는 포기하고 집을 한 바퀴 가까이 돌며 집 안으로 들어갈 다른 방법을 찾았다. 나는 가장 낮은 담장을 넘어 마당으로 들어가 대문을 열었다.

20시간이 넘는 비행시간에 체력이 바닥난 혜진이와 하루 전날 도착해서 공항에서 꼬박 날을 샌 예솔이, 게트윅 공항에서 5시간 넘게 기장을 기다린 나와 용석이는 녹초가 된 상태였다. 차 안에서만 해도 다들 널브러져 있었는데 숙소에 도착하니 모두 언제 그랬냐는 듯 들뜬 표정이었다. 창문 밖엔 구름에 가려 선명히 보이진 않았지만, 오로라로 인

아이슬란드에서 뭉친 한국인 사인방

해 초록빛을 띠고 있는 하늘이 보였다. 당시 가장 저렴한 숙소를 예약해서 집 안엔 전자레인지밖에 없었다. 하지만 눈과 잘 어울리는 나무집이었고 드넓은 설원이 한눈에 보이는 곳이었다. 아이슬란드의 첫 숙소는 꽤나 만족스러웠다.

우리는 대충 짐을 정리하고 둘러앉았다. 제대로 식사를 한 끼도 하지 못한 우리를 위해 예솔이가 한국에서 가져온 너구리 라면을 꺼냈다. 그러자 부산에서 온 혜진이가 웃으며 그 옆에 좋은데이 한 병을 깜짝 선물인 양 내려놓았다. 숙소에 도착한 새벽 2시, 우리는 라면을 안주 삼아 소주를 마시며 회포를 풀기 시작했다. 몸은 지쳐 있었지만, 마음만은 막 일어나 2시간쯤 지난 상태처럼 말똥말똥했다. 우리는 오랫동안 꿈꿨던 아이슬란드에 있었다. 주위엔 온통 눈뿐이었다. 우리는 살아온 이야기들을 나누었다. 아직도 아이슬란드에 있는 게 믿기질 않는다며 벅찬 감정을 나누는 우리의 얼굴에서 웃음이 떠나지 않았다. 그렇게 우리의 아이슬란드 여행이 시작되었다.

아이슬란드의 오로라

    겨울에 아이슬란드를 찾는 여행자의 목적 중 하나는 분명 오로라다. 지구에는 오로라를 볼 수 있는 나라가 거의 없다. 오로라를 볼 수 있는 북극과 남극에 가까운 몇몇 나라 중 우리가 선택한 나라는 아이슬란드였다. 오로라를 보는 건 생각보다 어렵지 않았다. 나는 비행기 안에서 생애 처음으로 오로라를 봤고 아이슬란드에 도착한 첫날에도 구름에 가린 오로라를 봤다. 까만 하늘에 초록빛을 살짝 띤 무언가가 보이면 곧장 그 방향으로 차를 몰았다. 그렇게 여러 번 오로라를 만났지만, DSLR의 힘을 빌리지 않고 육안으로 분간할 수 있을 만큼 선명한 오로라는 보지 못했다. 나와 용석이는 사람들이 SNS에 올리는 오로라 사진은 좋은 성능의 카메라를 이용해 찍은 사진이고 육안으로는 원래 못 보는 게 분명하다며 의견을 모았다. 우리가 희미한 오로라를 찍고 있으면 사람들이 다가와 "여기에 오로라가 있는 게 맞아요?" 하고 물을 정도였으니 말이다.

    우리는 아이슬란드에 도착한 지 6일이 될 때까지 오로라를 제대로 보지 못했다. 아니, 그때는 우리가 제대로 된 오로라를 본 것인지 못 본 것인지도 모르고 있었다. 그날은 바람이 너무 심하게 불었다. 태풍이 오려나 하는 생각이 들 정도였다. 여행을 다니며 별의별 지역을 다 가 봤지만, 그렇게 바람이 심하게 부는 것은 처음 봤다. 운전을 하는데 차가 흔들렸고 밖에 나가면 제대로 서 있기조차 힘들었다. 왠지 모를 공포감마저 느끼며 목적지였던 회픈에 도착했다. 회픈엔 우리의 3번째 숙소가 있었다. 집에서 강풍을 피하며 휴식을 취하기를 어언 3시간쯤 지났을까? 핸드폰에 새로 다운받은 오로라 어플에서 내게 알림을 보냈다.

"If the sky is clear, you might be able to see aurora within the next hour."

만약 우리가 있는 곳의 하늘이 맑다면 한 시간 뒤에 오로라를 볼 수 있다는 말이었다. 우리는 강풍을 무릅쓰고 삼각대와 카메라, 핫팩, 장갑을 챙겨서 차에 몸을 실었다. 그리고 차가 안 다니는 어두운 장소를 찾기 시작했다. 조금 운전해 가다가 작은 샛길을 발견했고 차를 몰아 큰 개 두 마리가 짖고 있는 좁은 평지에 차를 세웠다. 차에서 내려 삼각대를 카메라에 연결하고 바닥에 내려놓고 사진을 찍었다. 길 위에 서 있던 예솔이는 자꾸 뒷걸음질을 쳤고 셔터 스피드를 25초로 맞춰 둔 카메라는 5초도 안 돼 강풍에 고꾸라졌다.

나는 얼른 달려가 카메라 렌즈를 확인하고 전원 버튼을 눌렀다. 그리곤 삼각대를 사용하는 건 포기하고 카메라를 잡아 들었다. 혜진이가 오로라를 배경으로 포즈를 취했고 나는 바닥에 앉아서 한 손으로는 카메라의 바디를 잡고 다른 한 손으로는 셔터를 누르기 시작했다. 오로라는 찍을 수 있었지만, 사람이 그 강풍에 25초 동안 가만히 서 있기란 불가능했다. 사진을 확인하니 아니나 다를까 혜진이는 많이 흔들린 상태였다. 한숨이 나왔다. 몇 번 시도한 끝에 우리는 결국 1차 휴전을 선포하고 차 안으로 돌아왔다.

10분 정도 숨을 고르고 우리는 풍향의 역방향에 넓게 차를 다시 세웠다. 확인차 차에서 내려 자리를 잡고 앉아 보았다. 확실히 강풍을 차가 정면으로 막아 주니 그 옆면은 바람이 덜했다. 이때다 싶어서 용석이를 불렀다. 둘이서 30분쯤 사진을 찍었을 무렵 흐릿했던 오로라가 갑자기 강한 빛을 띠면서 핸드폰 카메라에도 선명히 보일 정도가 되더니 하늘을 수놓은 커튼처럼 일렁이기 시작했다. 나와 용석이는 흥분해 혜진이와 예솔이를 소리쳐 불렀다. 우리는 탄성을 질렀다. 오로라가 머리 위에서 춤을 추는 동안 그저 감탄할 수밖에 없었다. 그때의 기분은 어떤 말로도 표현할 수가 없다. 찬란한 색을 발하는 커튼이 하늘을 가득 메우고 내 눈앞에서 휘날렸다. 마치 꿈을 꾸는 것 같았다.

우리는 아이슬란드 여행이 끝나는 날까지 그날의 오로라가 얼마나 멋지고 아름다웠는지 이야기했다. 여담이지만 오로라를 보고 나서 그 순간을 사랑하는 사람과 함께하지 못했다는 게 조금 아쉬웠다. 기대 이상으로 아름다웠던 오로라. 아이슬란드에 오길 참 잘했다는 생각이 들었다.

오로라가 밤하늘을 아름답게 수놓는다.

시베리아 횡단 열차에서 만난 북한 아저씨와 나눈 대화

두 번을 떠났고 세계 여러 나라의 사람들을 만났다. 하지만 단 한 번도 북한사람은 만나지 못했다. 같은 피를 나눈 민족인데 분단이 되어서 차로 가면 30분 남짓한 거리에 있는 사람들을 한평생 만나 보지 못한다고 생각하니 가슴이 아프고 억울했다. 궁금하기도 했고. 그들과 대화를 나눠보고 싶었다. 그런 생각이 시베리아 횡단 열차에 오르는 와중에도 무의식적으로 남아 있었던 모양이다. 열차에 오르니 북한사람을 만날 수 있을지도 모른다는 기대가 생겼다.

기차에 올라 짐을 자리에 내려놓은 후 나는 제일 먼저 주위를 둘러보며 나와 비슷한 피부와 생김새를 가진 북한사람들을 찾았다. 1번 기차 칸부터, 나는 오래전에 헤어진 친구를 찾는 심정으로 탑승객 한 명 한 명 꼼꼼히 생김새를 살폈다. 금세 2번 기차 칸을 지나고 3번 기차 칸에 다다랐다. 누워 있는 사람, 차를 마시고 있는 사람, 앞에 있는 사람들과 두락게임을 하는 사람, 피부가 하얀 사람부터 검은 사람까지, 많은 사람을 봤지만, 나와 같은 동양인은 찾아보기 어려웠다. 그렇게 4번과 5번, 6번 기차 칸을 지나치고 나서야 딱 봐도 동양인처럼 보이는 여자를 발견했다. 나는 머뭇거리지 않고 그녀에게 물었다.

"Where are you from?"

"I am from China."

"ah… OK."

내 기대와는 달리 그녀는 북한사람이 아니었다. 그리고 난 다시 기차 칸의 칸막이 문을 열고 화장실을 지나쳐 다음 칸으로 향했다. 그리고 다시 승객들을 살펴보기 시작했다. 역시나 동양인은 없었다. 마침내 나는 내가 탄 시베리아 열차의 마지막 칸에 도착했다. 반쯤 포기한 심정으로 그 기차 칸의 문을 열려고 하는데 이상한 느낌이 들었다. 분명 안에서 내가 알아들을 수 있는 목소리가 들렸다. 그런데 문손잡이가 요지부동이었다. 아무리 힘을 주고 잡아당겨 보아도 문고리는 '달그락달그락' 하는 작은 쇳소리만 낼 뿐이었다.

밖이 추워 문이 얼어 버린 건가? 하는 마음으로 양손의 온 힘을 실어 문을 돌리려는 순간, 열차 직원이 와서 나를 제지하며 러시아어로 무어라 경고의 말을 했다. 그 말을 전혀 알아들을 수 없었지만, 그곳에 북한사람들이 타 있고 나는 그 칸에 들어갈 수 없다는 건 알았다. 그렇게 며칠을 열차의 마지막 기차 칸 주변을 서성였는데도 북한사람들은 만날 수 없었다. 그저 잠시 기차가 멈출 때, 그 기차 칸 앞에 가면 모스크바에서 평양으로 가는 기차라는 페인트 글씨만 볼 수 있을 뿐이었다. 불과 몇 센티도 안 되는 철판 앞에서 난 기다리는 것 외에 그 이상도 그 이하도 할 수 없었다.

어느덧 시베리아 횡단 열차에서 보낼 마지막 날만을 남겨 두고 있었다. 북한사람을 만나고 대화를 나누고자 했던 내 간절한 바람을 이젠, 가슴속 한편에 묻어 둬야 할 것처럼 보였다. 하바롭스크에 2시간 동안 정차한다는 안내 방송을 듣고 간식도 사고 역 주변을 구경도 할 겸 밖으로 나가는데, 그 순간 북한사람들이 타고 있는 마지막 기차 칸에서

시베리아 횡단 열차에서 만난 북한 아저씨와 나눈 대화

누가 봐도 북한사람인 아저씨 세 명이 내렸다. 밖에 나온 그들은 담배에 불을 붙이고 이야기를 나누고 있었다. 나는 곧장 그리로 갔다. 그리고 그들에게 말을 걸었다.

"안녕하세요?"

"남조선에서 왔니?"

"네, 맞아요."

"야, 요새 뉴스 보면 참 가관이야. 빨리 통일하자, 빨리."

"맞아요. 빨리 통일됐으면 좋겠어요."

"통일돼야지 너도 평양에도 와 보고 나도 서울에도 가 보고."

"평양도 가고 싶고… 저 블라디보스토크에서 비행기 타고 한국 가야 해요. 원래 통일되면 차로 갈 수 있는 건데."

"평양 와 봤어?"

"아뇨. 안 가 봤죠."

"빨리 오라우. 평양 가서 구경 한번 하고 말이야. 옥류관 가서 국수 먹고 옥류관 냉면도 먹어 보고."

"맛있죠?"

"아삭아삭하지."

"서울에서 남산타워도 보셔야죠."

"아아… 나라가 갈라져 가지고…."

"러시아처럼 큰 나라는 멀쩡한데…."

"우리 조국 통일하고 백두산에도 가 봐야지."

"맞아요. 백두산에도 가 봐야 하는데…. 전에는 금강산 갈 수 있었는데 지금은 금강산도 못 가 가지구…. 저 다음에 평양 가도 돼요? 평양!"

"어, 평양 와. 오면 되지."

"여기 형님댁에서 잠도 한숨 자고 이제. 하하하하하!"

"딸 줄까? 하하하! 딸 이뻐."

"야무지게 생겼어."

"노래 잘하지."

"진짜요? 형님이 잘생기셔서 따님도 이쁘실 거 같아요."

"하하하!"

5분 남짓 이어진 대화는 아저씨들의 담배가 모두 타 재가 됨에 따라 마무리됐다. 흐뭇한 표정으로 딸 자랑을 하던 아저씨와 진한 포옹을 하고 나는 13호차를 떠나 내 짐이 수북이 쌓여 있는 3호차로 돌아왔다. 오랫동안 고대해 온 만남이었다. 자리로 돌아가서도 한동안 그분들과 나눈 대화가 꿈인지 생시인지 구분이 안 되었다. 시베리아 횡단 열차에서 북한사람들을 만나다니. 그리고 그들과 그렇게 쉽게 대화할 수 있다니. 러시아라는 남의 땅에서는 형 동생으로 가벼운 장난도 치고 악수도 하고 포옹도 할 수 있는 사람들과 같은 땅에서 총을 겨누며 지내야 한다는 현실이 가슴 아파 왔다.

생각이 강물 위에 띄운 작은 종이배처럼 흐르는 가운데 시베리아 횡단 열차는 큰 경적을 울리며 하바롭스크역을 떠나고 있었다. 내 이름도 모르면서 옥류관에서 냉면을 사 줄 테니 평양으로 오라던 형님이 가끔 생각난다. 앞으로 5년이 될지 10년이 될지는 모르지만, 언젠가 그분과 다시 만날 날이 올 거라 믿는다.

그날이 되면 자동차를 몰고 아저씨가 살고 있는 평양에 가서 평양 시내도 구경하고 옥류관 냉면도 먹으러 갈 테다. 그리고 이 말 한마디를 꼭 하고 싶다.

"에이, 아저씨 옥류관 냉면 기대보다 아니던데요? 저희 아버지 고향이 인천 화평동인데 거기 냉면이 훨씬 맛있어요! 말 나온 김에 다음 주에 제 차로 가시죠. 제가 1차 냉면에 소고기까지 코스로 사드릴게요!"

시베리아 횡단 열차의 속도

지구상에서 가장 긴 철로를 달리는 시베리아 횡단 열차. 수많은 승객이 탑승하지만, 개인의 생활은 보장되는 편이다. 열차 안은 세계를 담아 둔 모양새다. 살면서 들어 본 적 없는 언어도 들을 수 있고 맡아 본 적 없는 냄새도 맡을 수 있다. 기차를 탄 목적이야 물론 '이동'이겠지만, 이동 시간이 긴 만큼 열차에 오른 마음들도 그리 단순하지는 않으리라. 색다른 경험을 하고 싶다거나, 세계의 풍경을 보고 싶다거나, 친구를 사귀고 싶다거나… 또는 삶의 무게를 덜기 위함일 수도 있다.

나는 열차에서 중국, 몽골, 러시아, 폴란드 친구를 만났다. 폴란드에서 온 젊은 부부는 직장을 그만두고 함께 여행 중이라 했다. 모두 시베리아 횡단 열차를 향한 환상이 있었다 한다. 짧으면 하루 길면 며칠을 열차에서 보낸다. 열차에서 나의 공간은 반 평조차 되지 않지만, 그 공간은 오롯이 나의 공간이고 열차에서 보내는 시간 역시 오롯이 나의 시간이다. 새로운 친구를 사귀고 함께 게임을 하고 먹을 것을 나누는 시간도 소중하지만, 무엇보다 혼자만의 시간을 보낼 수 있다는 점이 시베리아 횡단 열차의 큰 장점이다.

일부러 계획한 것은 아니었지만, 세계 일주의 마지막을 그 열차에서 보냈다. 그간의 여행이 하나둘 떠올랐다. 네팔, 인도, 폴란드, 에티오피아… 세상 곳곳의 풍경과 그곳에서 사귄 친구들의 얼굴들도. 충분히 여행의 나날을 되새긴 뒤에 나는 앞으로의 삶에 관해 고민했다. 그리고 나에게 한마디 해 줬다.

"야, 김민우. 먼 길을 돌아 드디어 한국으로 가네. 뜻깊은 경험도 많았지만, 그만큼 마음고생도 많았다, 그렇지? 잘했어. 네가 자랑스러워. 앞으로도 잘 부탁할게!"

이 말이 정말 사실일까? 누구나 간절히 행동하면 원하는 걸 이룰 수 있을까? 많은 사람은 한 번쯤 이런 생각을 해봤을 것이다.

"에이? 간절하면 이루어진다고? 과연 그럴까? 난 아니라고 보는데?"

"간절하면 사람의 마음을 움직일 수 있다던데?"

간절함과 관련된 대화를 나눴을 때 내 지인들의 반응이었다. 그런데 난 정말 간절했을 때 그 꿈이 이루어짐을 실제로 경험한 적이 있다. 그게 바로 2016년 12월부터 모집했던 북극권 툰드라 330km를 개썰매로 달릴 수 있는 기회를 부여하는 피엘라벤 폴라 대회 때 난 그 경험을 했다.

전 세계에서 지정 된 나라의 최다 득표자만 확실하게 갈 수 있는 겨울스포츠 끝판왕의 피엘라벤 폴라를 참가할 수 있는 기회! 난 이 대회 소식을 듣자마자 내 심장이 쿵쾅거림을 느낄 수 있었다.

그리고 동시에 생각했다. 내가 이 매력적인 스포츠에 참가하길 원하는 것처럼 한국에 있는 수많은 사람 역시 이 경쟁에 참여하길 원할 것이라고...! 그렇담 1등을 하기 위해서는 어떻게 해야할까? SNS와 지인 추천 등 할 수 있는 모든 방법을 다 동원해서 최다 득표로 가보자는 심정으로 이 경쟁에 합류를 했다.

나는 호주에서 새벽부터 캥거루 고기 공장에 다니고 있었기 때문에 매일 새벽 4시 반에 일어나서 오후까지 캥거루 고기를 팩킹하는 일을 했고 끝나고 집에 와서는 씻자마자 바로 투표를 호소하는 글과 지인들 그리고 내 눈앞에 보이는 사람들에게 투표해줄 것을 부탁하는 생활을 하기 시작하였다.

한달이 넘는 시간 정말 열심히 홍보를 했고 처음엔 내가 1등을 달리고 있었다. 경쟁하던 친구 역시 정말 열심히 하고 있었고 결국 난 2등으로 투표 경쟁을 마칠 수밖에 없었다. 열심히 해도 이루지 못하는것이 있다는 생각을 했다. 그렇게 나는 마음을 비우고 다시 일상으로 돌아가 다음 여행을 준비하기 위해 일찍 눈을 감았다. 잠을 청하고자 하였지만 잠이 잘 오지 않았다. 뜬눈으로 밤을 지새우다 간신히 잠이 들었는데 갑자기 새벽 시간 내 핸드폰은 '카톡카톡카톡 따르르릉 따르르릉' 마치 큰일이라도 난 듯 핸드폰이 시끄럽게 울기 시작했다. 그렇게 잠결에 내 핸드폰을 켰을 때 카톡에 이 문장이 내 눈에 들어왔다.

"민우야 축하해 너 피엘라벤에 뽑혔어!!!"

'어라...? 내가 뽑혔다고?' 믿기질 않았다. 거짓말 혹은 괜한 장난이라 생각했다. 사실을 확인하기 위해 나는 헐레벌떡 피엘라벤 공식 홈페이지에 들어갔고 다득표 외에 피엘라벤 심사위원이 뽑은 명단에 내 이름 MinwooKim 이 올라가 있는 게 보였다.

그렇다. 2017년 피엘라벤 폴라 경쟁에서 난 1위를 하지 못했지만 심사위원이 나를 뽑아준 것이다. 2위라고 뽑히는 게 아니다 1,000표도 넘지 못한 수많은 다른 나라 사람들이 심사위원에 뽑혔다. 그 순간 생각했다.

"아... 내 간절함이 통했구나...!"

그렇게 난 1등을 하지 못했음에도 한국을 대표하는 2명 중 1명으로써 북극권 툰드라 330km 경쟁에 한국 대표로 참가할 자격을 얻게 되었다!!!

수많은 사람이 축하해주었다. 그리고 나를 축하해주는 사람들은 한결같이 내게 이렇게 말했었다.

"민우 씨의 간절함이 민우 씨를 툰드라에 보내준 거 같아요!!"

몇 개월 뒤 그렇게 정신을 차려보니 나는 어느덧 세상에 하나밖에 없는 'KIMMINWOO'라고 적혀 있는 파카를 입고 툰드라 한복판에 용맹한 6마리의 개들과 설원 위에 서 있었다. 차가운 툰드라 바람이 내 볼을 스치고 있었다. 그런데 저 옆에서 푸근한 인상의 머셔(개썰매 모는 기술자)가 내게 다가왔다. 그리고 개썰매에 대해 주의 사항을 일러주기 시작했다.

"안녕 킴 반가워! 나는 앞으로 너와 어드벤처를 함께 할 거야. 마냥 재밌어만 보이는 개썰매. 당연히 주의점이 있어. 잘 들어야 해! 첫째 단순히 개에 내 몸을 맡긴 채 편하게 나아간다고 생각하면 안 돼. 개와 함께 달린다고 생각해야 해. 커브를 돌 때 개들이 더 쉽게 돌 수 있도록 몸을 개들이 가는 방향으로 기울여줘야 해. 또한 사람들처럼 개들도 똑같이 오르막길 올라가는게 버거워. 오르막에 올라갈 때는 발로 스케이트보드 타듯이 땅을 짚고 썰매를 밀어줘야 하고 경사가 심한 곳이라면 썰매에 내려서 개들과 함께 썰매를 밀어 위로 올라가야 해. 개썰매는 개들과의 호흡 그리고 그 개들의 체력을 안배해주는 게 무엇보다 중요한 스포츠임을 잊지 말아야 해."

전 세계에서 온 26명의 우리 모두는 일렬로 자신의 개들이 있는 썰매에 올라탔고 사이드 브레이크(갈고리 모양의 쇠지지대)를 채운채 툰드라 330km 대장정의 시작을 알리는 큰 깃발이 내려가기를 기다리며 대기하고 있었다. 가만히 대기하는 와중에도 개들은 제자리에서 앞으로 나아가려고 점프를 하기 시작했고 단단히 고정된 썰매들이 조금씩 움직이고 있었다.

그렇게 피엘라벤의 생존 전문가 스컬맨이 들고 있던 깃발이 위에서 아래로 떨어졌고 제일 앞에 있던 무리부터 브레이크를 하나둘 풀고 앞으로 달려가기 시작했다. 한팀 두팀 세팀이 지나가고 내 차례가 되어 바닥에 단단히 고정된 쇠지지대를 올리자마자 내 몸은 앞으로 튕겨나가듯이 개들은 힘껏 달리기 시작했고 나는 균형을 잃어 내 썰매는 뒤집혔고 나는 썰매를 절대 놓지 말라는 머셔의 말이 기억나 썰매를 꽉 쥐고 있었다.

썰매의 무게와 적지 않은 내 몸무게 때문에 앞으로 나아가지 못할거라는 내 예상과는 달리 내가 제대로 타고 있는 것처럼 나와 썰매는 뒤집힌 채로 개들에게 질질 끌려갔다. 옆에서 이 모습을 바라보던 피엘라벤 직원이 앞에 리더개를 잡았고 나는 간신히 멈출 수 있었다.

(다른 개들처럼 썰매개들도 머셔의 말을 잘 듣는 개부터 말을 안 듣는 개까지 다양한 개들이 있다. 보통 개썰매 제일 앞에 2마리는 주인의 말을 제일 잘 듣고 총명한 개들이 앞에 서고 그다음 순서대로 자리를 배정받게 되는데 보통 앞에 있는 개가 달리면 뒤에 있는 개들도 함께 달려야 하고 앞에 있는 개가 멈추면 뒤에 있는 개들도 자연스레 멈추게 된다)

그리고 곧장 다시 중심을 잡고 썰매의 양쪽 발을 올려놓는 발판에 내 발을 올려놓고 비장한 각오로 고정된 쇠꼬챙이를 들었고 썰매개들은 다시 앞으로 질주하기 시작했다. 생애 처음으로 경험하는 개썰매. 하지만 이건 단순한 액티비티의 체험이 아닌 3박 4일 동안 툰드라 330km를 가로질러가는 모험이자 도전이었기에 나는 비장한 마음가짐으로 임했다. 30분쯤 지났을까 툰드라의 아름다운 설원이 내 눈앞에 펼쳐졌다. 너무 아름다웠다. 세상 가장 추운 곳 중 한곳이지만 이곳에서 타오르고 있는 우리의 열정은 그 누구보다도 뜨거웠다.

이곳에서의 기억들을 하나하나 다 열거하고 싶지만 1권이라는 책에 다 담기란 여간 쉬운게 아니었다. 툰드라의 밤 야외에서 오로라를 보며 잠을 청하고 눈보라를 맞으며 우리는 한 명의 낙오자도 없이 결승점을 통과할 수 있었다. 이곳에서 느낀 감동을 몇 자 적어보고자 한다. 피엘라벤에서의 경험 하나하나가 내게 커다란 재산이 되었다. 처음, 이 도전에 도전하는 순간부터 지금까지 결코 쉽지 않았다. 그리고 1등을 목표로 했지만 1등을 하지 못했고 허탈해 하던 중 피엘라벤 심사단의 추천으로 툰드라로 가는 비행기표를 거머쥘 수 있었다.

나는 이번 도전을 통해서 크게 3가지를 배우고 느끼게 되었다.

1. 간절하면 이루어진다.

사람들에게 투표를 부탁할 때 난 참 이 말을 많이 했던거 같다. 간절하니깐 도와달라는 말 말이다. 난 간절했고 호주에서 새벽에 일어나 낮에는 캥거루 고기 공장에서 고기를 나르고 짬 나는 시간마다 투표를 부탁했고 퇴근해서는 하루 종일 투표를 받기 위해 글을 쓰고 밖에서는 지나가는 사람에게 투표를 구걸하였다. 난 1등은 하지 못했지만 이런 나의 과정을 본 심사단이 나를 뽑아주었다. 난 1등이 아닌 다른 방법으로 목표한 피엘라벤 폴라를 마칠 수 있었다. 물론 간절하다고 항상 이루어지는 것은 아닐 것이다. 하지만 분명한 것은 최선을 다하고 간절한 마음으로 행동한다면 그것이 꼭 무언가를 쟁취할 수 있는 것이 아닐지라도 분명 더 큰 미래를 위한 자양분이 될 것이다.

2. 툰드라에서 나보다 더 중요한 것은 함께 달려주는 개들이다.

피엘라벤에서 개썰매를 타면서 단 한 번도 개보다 먼저 식사를 한 적이 없었다. 늘 개들 밥을 먼저 챙겨주고 나서 그다음에 식사를 할 수 있었다. 난 여기서 큰 교훈점을 배우게 되었다. 바로 '우선순위'다. 툰드라를 건널 때 내가 밥을 제대로 못 먹어서 기운이 없어도 개들이 잘 먹으면 나는 툰드라를 가로질러 갈 수 있다. 하지만 내가 잘 먹고 개들이 먹지 못한다면 건널 수 있을까? 결코 그럴 수 없다. 또한 개들은 나를 위해서 차가운 설원을 열심히 달려주었다. 개들의 건강이 결국 나의 건강이고 안전이다. 열심히 달려준 동료들에게 먹이를 주는 것은 당연한 일이고 그들의 건강을 위해서 늘 신경 써야 한다. 그에 더하여 매번 캠프에 도착해서 개들에게 밥을 먹이고 쉴 때는 개들이 편히 쉴 수 있도록 해주는 것이 번거롭다고 느낄 수 있다. 하지만 그렇게 하지 않으면 결국 앞으로 나아가지 못하고 난 이 툰드라에서 고립되고 만다. 단순하고 번거로울 수 있는 이 행동을 반복하고 또 반복해야 한다. 그리고 부지런해야 한다. 어쩌면 개썰매뿐만 아니라 세상이 돌아가는 것 역시 각자가 자기 위치에서 번거로울 수 있는 일들을 묵묵히 해주기 때문에 이 세상이 잘 돌아가는 것이 아닐까? 개썰매를 타면서 이런 생각이 문득 지나갔다.

3. 내 사람들에게 표현해야 한다.

툰드라를 달리고 또 달린다. 잠시 쉴 때 그리고 그날의 목표를 채우고 텐트를 친다. 개들에게 다가가 고마움을 표현한다. 열심히 달려준 우프와 코나 로이스에게 고맙다고 말하며 그들의 머리를 쓰다듬어준다. 분명 개들에게 고마움을 표현하고 애정을 베풀 때 개들이 더 잘 달리고 그들과의 교감을 더 잘할 수 있었다. 개들과의 관계에서 고마움을 표현할 때 그들이 보답을 한다면 사람과의 관계는 더욱 크지 않을까? 우리는 살아가면서 어쩌면 해야 할 말을 표현해도 좋은 말을 너무 아끼고 있지 않을까?

혹자는 말한다.

"뭐 굳이 말을 해. 말 안 해도 알잖아?"

말을 안 하면 모른다. 개들이 이렇게 반응했다면 내 사람일수록 더 그들을 아끼고 사랑한다는 점을 그리고 고마운 점에 대해서 표현해야 할 것이다.

위에 3가지가 내가 개썰매로 툰드라를 가로지르며 배운 교훈점이다. 난 여태 1만일이 넘는 시간을 살았다. 하지만 이 4일은 결코 내 인생에서 작지 않은 영향을 주었다.

나는 그런 여행을 했다. 상사 눈치 안 보고, 선배 눈치 안 보고, 남에게 피해를 주지 않으며 가고 싶으면 어디든 가는 여행. 그렇게 1년 하고도 절반을 한국이 아닌 땅에서 살았다. 인생에 정답이 여행은 아니다. 다만, 한 번쯤 자신의 꿈을 되돌아보길 권하고 싶다. 열두 살의 나는 당당히 학생기초자료 장래 희망란에 '탐험가'라고 썼다. 하지만 그 꿈은 고등학교의 문턱을 넘기 무섭게 사라졌다. 지워졌다고 해야 옳을까? 내 꿈에 힘을 실어준 사람이 없었다.

모두가 더 나은 꿈을 꾸는 게 어떠냐고 조언했다. 그렇게 시간이 흘러 내 나이 스물일곱. 정말 가슴 설레는 삶을 살고 싶었다. 더 고민할 게 없었다. 왜냐하면 나는 '여행'을 갈 때마다 행복을 느꼈기 때문이다. '여행지'가 어딘지는 별로 상관이 없었다. 가깝든 멀든 나에겐 행복한 여행이었다. 지금 못하면 앞으로도 못할 게 뻔하다고 생각했다. 나는 회사에 사직서를 제출하고 짐을 챙겨 비행기를 탔다. 그렇게 나의 세계 여행이 시작됐다.

그렇게 깨고 싶지 않은 꿈을 꾸듯 여행가의 삶을 살았다. 내 모든 선택과 결정은 오롯이 내가 원한 나의 선택이었다. 적은 나이도 아닌데 새로운 일을 시작하기가, 또는 여행을 떠나기가 두렵고 걱정스럽다며 고민을 토로하는 이들도 있다. 겁이 나는 것이다. 내가 느꼈던 감정이기에 누구보다 잘 안다. 하지만 정말 어쩔 수 없이 한국에 있어야하는 이유가 가득한 것이 아니라면 내가 그랬던 것처럼 '겁'을 이겨냈으면 좋겠다. 그래도 지구 한 바퀴 먼저 돌고 온 선배로서 조언 아닌 조언을 한다면….

"어느 나라를 가도 사람 사는 건 똑같습니다. 다들 밥 먹고 졸리면 잠자고 곤경에 처한 사람을 보면 도와주려 하고 착한 사람 보면 흐뭇해하고 나쁜 사람 보면 혀를 끌끌 차거든요. 그러니깐 즐기세요. 여행은 겁내러 가는 게 아니고 놀러 가는 거니깐."

일 년 반, 마음대로 살아 보니 어떠냐고 친구들이 물으면 나는 그저 웃고 만다. 세계 여행을 마치고 한국에 돌아와 어여쁜 여자를 만나 결혼을 했다. 죽지 말고 돌아오라던 보람이가 사회를 봐주었다. 그날의 떨림이 지금도 생생하다. 그럼에도 나 김민우는 여전히 치킨을 좋아하며 일주일에 한 번은 늦게까지 축구게임을 즐기고 다음 날 아내의 꾸지람에도 꿋꿋하게 늦잠을 자고서 부랴부랴 출근한다. 평범한 일상이다. 하지만, 이젠 그런 2프로, 아니 5프로 부족한 내가 좋다.

512일 동안 그토록 꿈꿨던 여행가의 삶을 살았고 지금은 내가 원하는 또 다른 형태의 삶을 살고 있다. 꿈을 이루고 나니 평범한 삶을 살아도 좋더라는 말이 아니다. 중요한 것은 새로운 하루가 내게 주어졌을 때 어떤 표정으로 그를 맞이하느냐는 것이다. 지금 내게는 새로운 꿈이 있다. 사랑하는 사람과 세계 곳곳을 누비는 것. 조용한 2층 카페, 하늘이 훤히 바라다보이는 창가에 앉아 오늘도… 나는 그날을 꿈꾼다.

내가 사랑한 '여행'

여행지 제대로 느끼는 법

어떻게 여행하고 계시나요?

흔히 여행하는 사람은 두 가지 분류로 나뉜다고 하죠.
자신의 여행을 기록으로 남기는 사람과 남기지 않는 사람.

많은 여행자는 사진을 찍고 동영상을 촬영하고 일기를 쓰고 자신의 여행을 기록으로 남기기 위해 고군분투합니다. 하지만 정작 여행지에서, 이를테면 알프스산맥의 만년설이나 카오산 로드의 붐비는 거리에서, 블루라군의 아름다운 나무 앞과 카파도키아의 장엄한 열기구들 아래서, 블루홀과 타임스퀘어 한가운데에서 우리는 사진 찍는 데 급급해 제대로 감상을 못 하는 경우가 많은 거 같아요.

물론 우리는 말합니다.
감상했다고. 바라봤다고요.

하지만 그것보다 멋진 흔적을 남기기 위해 온 신경을 쓰지는 않았나 생각해 봤으면 좋겠습니다. 물론 흔적을 남기는 건 당연한 거고 필요한 행동이지요. 저 역시 많은 사진과 동영상을 찍었어요. 지금 제가 하고 싶은 말은 여러분이 그 여행지에서 느낄 수 있는 감정을 더 깊숙이, 더 곱씹어서 느꼈으면 한다는 것입니다. 그런 바람으로 이 글을 정리하고 있지요.

2010년 12월 개봉작인 '김종욱 찾기'를 보셨나요?
영화 속에 나온 배우 임수정의 유명한 대사를 언급해 봅니다.

"인도… 그날의 냄새, 바람 소리, 그곳의 느낌을 잊지 못해."

여행 중반부터 저는 '여행을 제대로 느끼고자' 여러 방법을 사용했습니다.

흔히 여행책에서도 알려 주는 내용이지요. 여행지에 가서 단순히 바라보는 것이 아니라 이렇게 하면 좋습니다. 예를 들어 히말라야 안나푸르나 베이스캠프에 올랐다고 가정해 보지요. 그냥 감상만 하는 게 아니라 우리의 오감을 하나씩 사용하며 느끼는 것입니다.

먼저, 양손으로 눈과 귀를 막고 코로 그곳의 냄새를 맡아 봅니다.
두 번째, 반대로 코와 귀를 막고 눈으로만 경치를 바라봅니다.
세 번째, 눈을 감고 코를 막은 뒤 귀로만 그곳의 소리를 들어 봅니다.

마지막으로 눈과 코와 입과 귀, 모든 감각을 엽니다. 이렇게 하면 그냥 바라보기만 했을 때 느낄 수 없었던 진짜 그곳의 냄새와 느낌을 알 수 있습니다.

각 항목을 최소 10초 이상 오래 할수록 좋습니다. 간단해 보이지만 해 본 분들은 아실 테죠. 쉽지 않은 과정이란 걸요. 하지만 위의 방법을 사용해 여행지를 느끼고 나면 그냥 여행지를 방문했을 때와 확실히 다른 감정을 느낄 수 있을 것입니다. 알 수 없던 것들이 온몸으로, 온 감각으로 느껴집니다. 그 여행지를 벗어나서도 단순히 경치가 머릿속에 기억되는 것이 아니라 냄새가 기억나고 몸을 스쳤던 바람이 떠오르고 새소리와 빛나는 설산의 모습이 연상되지요. 생각해 보셨나요? 불현듯 그곳의 바람 소리가 떠오르는 여행을요.

혼자 여행한다면 아주 쉽게 할 수 있을 것이고 일행이 있다면 그에게도 알려 주고 같이 시도해 보는 건 어떨까요? 이 방법은 산뿐만 아니나 사람이 들끓는 카오산 로드나 타임스퀘어, 볼리비아의 우유니 토레스델파이네 트레킹 중, 만리장성, 이과수 폭포 등 많은 여행지에서 사용할 수 있는 방법입니다.

아니, 모든 장소에서 쓸 수 있지요. 많은 여행자가 여행하면서 더 많은 걸 느끼고 오셨으면 좋겠습니다.

여행을 다니다 보면 나도 모르게 지칠 때가 있습니다.

처음 긴장 반, 기대 반이었던 마음도 길면 한 달.

사람마다 다르겠지만, 특히 중장기 여행을 하다 보면 어느샌가 긴장하지 않는 자신을 발견하게 됩니다. 그리고 긴장을 풀고 있는 여행 자는 어김없이 소중한 무언가를 도난당하기 십상이지요. 이럴 때 안전 불감증이란 말을 붙여도 좋을지 모르겠지만, 누구든 안일했던 태도는 부정할 수 없을 겁니다.

운전할 때도 마찬가지입니다. 처음 면허를 땄을 때, 처음 운전대 를 잡았을 때를 떠올려 보세요. 초보 운전 스티커를 차 뒤편에 부착하고 주위를 살피며 온 신경을 곤두세우고 조심스럽게 액셀러레이터를 밟던 날이 속도위반 단속에 걸린 운전자에게도 있었을 겁니다. 운전하다 보 면 시간이 흐르면 흐를수록 '에이 이 정도면 되겠지 괜찮을 거야.' 하는 생각이 잦아지지요. 그런 안전 불감증이 큰 사고로 이어집니다. 여행도 똑같습니다.

안전하게 아무 일 없이 여행했다는 여행자도 있지만, 꼭 뉴스나 신문에 실린 경우를 제외하더라도 SNS 여행 계정만 봐도 예상치 못한 불의의 사고를 당한 여행자는 분명 적지 않습니다. 제 지인들은 대부분 삶의 에너지를 얻기 위해 여행길에 오르시더군요. 물론 현지인들과 스스럼없이 어울리고 그들과 추억을 나누는 건 정말 멋진 일입니다. 하지만 기억해야 할 것은 어디에 가든 나만의 원칙을 지키며 여행해야 한다는 사실입니다.

세계 여행을 하며 온몸으로 느낀 저만의 여행 주의 사항을 공개합니다.

1. 늦은 시각 외출을 삼간다.

탄자니아 다르에스살람에 있을 때, 늦은 시각 급하게 환전하러 나갔다가 마약에 취한 괴한한테 끌려갔습니다. 젖 먹던 힘까지 짜내 그 팔을 뿌리치고 전력 질주해 숙소로 도망쳤던 끔찍한 경험이지요.

2. 낯선 이가 주는 음료(음식 포함)는 절대 마시지 않는다.

라오스에서 한 남성이 건넨 '공짜' 음료를 먹고 몇 분 만에 정신을 잃고 쓰러지던 여성이 생각납니다.

3. 금세 친해진 이가 주는 음료는 확인이 필수다.

상대가 여러분이 마실 잔에 음료를 따르는 모습을 시종일관 단 1초도 눈을 떼지 않고 봤다가 그가 먼저 자신의 컵에 따른 음료를 마신 뒤 마셔야 합니다. 음료에 약을 타는 시간은 불과 2~3초면 충분합니다. 살짝만 맛을 본 후에 음료를 마시길 권고하지만, 만약 여러분이 약을 탄 음료를 이미 들이켰다면 바로 화장실로 가 토를 해야 합니다. 주위에 지인이 있다면 바로 상태가 이상하다고 알려야 하고요. 혼자 있을 때 약 탄 음료를 마시게 된다면…. 저는 여러분께 그런 일이 없기를 바랄 뿐입니다. 생각보다 유럽을 포함한 많은 나라에서 약을 구하는 건 쉬운 일임을 잊지 마세요.

4. 버스나 기차와 같은 교통편을 이용해 장거리를 이동할 때는 반드시 자물쇠와 와이어를 사용해 짐을 묶어 놓는다.

묶을 매개체가 없다면 자신의 몸에 묶으면 됩니다. 저는 1,000일 넘게 여행한 여행자가 괜찮다며 짐을 안고 있다가 모두 털린 걸 본 적이 있답니다.

5. 위생 상태가 안 좋아 보이는 숙소에서는 침낭을 깔고 잔다.

위생 상태가 좋지 않은 숙소에는 베드버그가 있을 확률이 상당히 높습니다. 심지어 깨끗하다는 호주에서도 베드버그에 물리는 사람들이 나오니까요. 그러니 육안으로 봐도 안 좋아 보이는 시트라면 반드시 침낭을 깔고 가급적 긴 양말과 긴 소매 옷을 입고 주무시길 바랍니다.

6. 친절한 여행자들의 2/3는 목적을 가지고 있다. 주의할 것.

태생이 착한 사람도 분명 있겠지요. 하지만 여행지에서 그런 사람을 만날 확률은 극히 낮습니다. 그러니 어떤 이가 선뜻 호의를 베푼다고 긴장을 풀어선 안 됩니다. 그들이 갑자기 어딘가에 가자고 하면 절대 따라가지 마세요. 특히 혼자서라면 더더욱 삼가야 합니다.

제가 중국에 있을 때 겪은 일입니다. 밤거리를 걷고 있는데 어떤 남자가 다가와 유창한 영어와 한국말을 섞어 가며 술을 먹으러 가자고 했습니다. 싫다고 하니 커피를 마시러 가자고 하더군요. 저는 당연히 거절했지만, 만약 따라갔더라면 지금쯤 제 장기는 전 세계에 흩어져 있을지도 모릅니다.

7. 치안이 안 좋은 국가에서는 물건을 잘 지켜야 한다.

특히 아프리카와 같은 치안이 상당히 나쁜 나라에서는 숙소도 안전하지 않을 수 있습니다. 외출할 때도 방 안에 귀중품을 놓고 나가면 안 됩니다. 문을 부수고 들어가서 물건을 훔쳐 가는 일도 있으니 문을 잠그는 행위는 별 의미가 없습니다. 그러니 상황에 따라 여권과 같은 귀중품은 소지하고 다니는 게 더 안전할 수 있습니다. 꼭 숙소 직원에게 소지품을 지키는 팁들을 물어보고 충분히 생각하고 현명하게 행동해야 합니다.

8. 달러나 돈뭉치는 늘 최소 두 군데에서 세 군데에 나눠서 보관한다.

저는 선글라스 케이스, 낡은 지갑 휴지 안에 넣고 다녔습니다. 여성의 경우 브래지어 주머니를 사용할 수도 있습니다.

9. 선의를 베풀기 전에 상황을 한번 의심할 것.

어린아이나 늙은 할머니가 갑자기 다가와 도움을 요청할 때에도 긴장을 풀어선 안 됩니다. 혼자라면 그리고 도움을 요청할 사람이 안 보인다면 오히려 그냥 지나치는 게 현명할지도 모릅니다.

10. 친절하게 사람을 대하되 긴장을 풀지 마라.

세상엔 좋은 사람이 많습니다. 하지만 원래 착한 사람이라고 해도 자기 가족들이 혹은 본인이 당장 굶게 생겼다면 물불 안 가리고 행동하게 되지요.

나쁜 사람에게도 친절하게 대해야 합니다. 일행이 많다면 큰소리칠 수도 있지만, 그게 아니라면 자국민에게 화내는 외국인을 좋게 여길 사람은 많지 않습니다. 더구나 말이 안 통한다면 더욱 조심해야 합니다. 강도나 나쁜 사람을 굳이 자극할 필요는 없으니까요. 에티오피아에서 택시비를 내야 할 만큼의 금액만 내려 하니 기사가 한국 돈 1,000원 정도의 돈을 더 달라고 요구했습니다. 제가 그의 말을 무시하고 내리니 죽일 듯이 달려와 제 얼굴에 돈뭉치를 던지며 이렇게 말하더군요. "기억해! 여긴 에티오피아야!" 그 택시 기사는 저를 가격하려 했습니다. 순간 위험을 직감한 저는 곧바로 사과하며 1,000원을 더 줬습니다. 만약 제가 그 상황에서 강경하게 대응했더라면 어떤 일이 벌어졌을까요? 생각만 해도 끔찍합니다.

여행길에선 누구를 만나든 어조나 말투를 늘 부드럽게 하고 대화하는 게 중요합니다.

여러분의 여행이 안전하고 행복하길 바랍니다.

온몸으로 느낀 세계 여행 주의 사항

여행 중 외국인 친구를 쉽게 사귀는 법은?

한국에 살면서 친구를 사귀는 방법은 무엇일까요? 보통은 학생이라면 새로운 반에 들어가서 1년을 함께할 친구들과 만나며 자연스레 친해질 수 있습니다. 직장인이라면 직장에 들어가서 같은 부서 사람들과 얼굴을 익히고 특히 같이 회사에 들어가는 사람들과는 입사 동기로 고충도 함께 이야기하며 친해질 수 있습니다.

하지만 아무런 연고도 없는 곳. 더군다나 말도 제대로 통하지 않는 외딴 나라 낯선 나라라면 어떨까요?

특별한 특기나 취미가 없는 사람이라면 어떻게 타지에서 외국인과 친구가 될 수 있을까요?

가장 쉬우면서 간단한 방법은 바로 사진을 찍는 것입니다. 예를 들어 지금 나 자신이 태국의 카오산 로드에 있다고 생각해봅시다.

주변에는 다양한 나라에서 온 사람들이 서 있기도 하고 길을 걸어가기도 합니다. 그때 지나가는 외국인에게 사진을 찍어달라고 말해보

는 겁니다. 보통은

"Can you take a picture for me?"

이런 식으로 말할 것입니다. 그렇게 물으면 대부분의 사람은

"Why not? Sure!" 이런 식으로 말하며

사진을 찍어줄 것입니다. 그때 사진을 찍어준 것에 대해 고마움을 표현하고 찍어준 사람과 함께 셀피를 찍습니다.

그리고는 사진을 찍었기 때문에 나에게는 그 사진에 함께 나온 친구에게 사진을 전송해줄 의무가 생깁니다. 그리고 그 친구에게 SNS가 있는지 물어보면 됩니다. 그리고 이 사진을 SNS나 이메일을 통해 전달할 것이라고 말합니다.

물론 이 과정에서 그에게 어느 나라 사람인지 어느 도시에 사는지 묻는 걸 잊으면 안 됩니다. 혹여 내가 이 이후에 런던 여행을 갈 계획이 있었는데 그가 런던에 살고 있는 사람이라면 이 기회를 결코 놓쳐서는 안 됩니다. 그에게 우정으로 다가가야 합니다.

시간적 여유가 있다면 함께 더 대화를 나눌 수도 있고 그렇지 않다면 추후에 와이파이가 잘되는 환경에서 그와 여러 이야기를 하다가 내가 곧 런던에 갈 예정이라는 말을 흘려보내면 됩니 다. 대개의 경우 타지에서 만난 외국인 친구가 자신의 나라, 거기에 자신의 도시에 온다고 하면 기꺼이 초대해주는 경우가 많습니다.

이렇게 그 친구와 인연을 맺고 친구가 될 수 있습니다.

그 친구가 집으로 초대해줬을 때 물론 그가 짐으로 느끼게 해서는 안될 것입니다. 간단한 선물을 사고 친구가 식사를 해주었다면 설거지 하기를 마다해선 안될 것입니다. 그리고 친구에게 자신 있는 요리를 해줄 수 있습니다. 하지만 여기서 주의할 점은 유로피안 중 상당수는 매운 음식을 잘 먹지 못하기 때문에 미리 요리를 하기 전엔 그의 음식 취향을 물어봐야 합니다.

물론 어느 나라의 어느 친구를 만나도 너무 모든 걸 오픈해서는 안됩니다. 낯선 사람이기에 주의할 점은 주의해야 한다는 것을 결코 잊지 말아야 할 것입니다.

인터스텔라 촬영지 스카프타펠에서. 아이슬란드의 빙하는 오묘한 매력이 있다.

세계 수많은 여행자가 손꼽는 우유니 소금사막. 이곳이 지구인지, 다른 행성인지 착각하게 하는 매력이 있다.

태양의 섬, 흔한 하루 숙박 5,000원짜리 창문 뷰

눈물을 보이던 네팔 선생님 - 하늘을 나는 비행기 안 많은 사람과 네팔을 응원하는 영상을 찍었다.

카냐 만디르 학교의 텅 빈 도서관 - 교장 선생님에게 한국에서 보내준 기부금을 전달하고 있다.

지구를 돌며 만난 친구들의 네팔 응원 영상이 4개의 방송국을 통해 전달되었다. 왼쪽 상단부터 시계방향으로 news24, NEPALTV, mountainTV, KANTIPUR

12박 13일의 에베레스트 베이스캠프 트레킹 중 고지를 앞두고 녹초가 됐다.

네팔에서 오르는 산은 쉽지 않지만 중간중간 보이는 절경은 그 고통을 잊게 해준다.

기부금을 모아서 네팔로 가던 중 비행기에서 마주한 에베레스트의 절경

남미에서 가장 기억에 남는 곳을 묻는다면 고민 않고 우유니라고 말할 것이다.

인도의 한 기차역 앞뒤로 배낭을 메고 한참을 걸어도 지칠 줄 몰랐다.

에티오피아 최북단에서 만난 에르테알레 활화산 그리고 나

모스크바에서 탄 시베리아횡단열차 평양 모스크바 문
구가 인상적이었다.

오슬롬에서 처음 마주한 고래상어와 내 친구 노아

330km 툰드라 개 썰매 횡단 중 눈앞에 보이는 건 설원뿐. 미지의 행성에 불시착한 기분이었다.

알바니아에서 한 히치하이킹 30분을 기다려 깍두기형님
의 차를 얻어 탈 수 있었다.

내가 가장 좋아하는 사진. 타이트한 여행 탓에 배낭은 찢기고 낡아져 이
곳저곳에 청테이프를 붙여서 사용했다. 내 여행을 가장 잘 보여주는 사
진이라고 생각한다.

초판 1쇄 발행 2023년 1월 11일

지은이	김민우
발행인	송민지
편 집	황정윤
디자인	김현정
마케팅	김우연
경영지원	한창수

발행처　　도서출판 피그마리온
　　　　　　서울시 영등포구 선유로 55길 11, 6층
　　　　　　전화 02-516-3923
　　　　　　팩스 02-516-3921
　　　　　　이메일 books@easyand.co.kr
　　　　　　www.easyand.co.kr

브랜드　　EASY & BOOKS
　　　　　　EASY&BOOKS는 도서출판 피그마리온의 여행 출판 브랜드입니다.

등록번호　제313-2011-71호
등록일자　2009년 1월 9일

ISBN 979-11-91657-09-8
정가 15,000원